CB131830

COSACNAIFY

02/2013

Arte

O LUGAR SEM LIMITES

JOSÉ DONOSO

TRADUÇÃO
Heloisa Jahn

Para
Rita e Carlos Fuentes

FAUSTO: Primeiro irei interrogá-lo sobre o inferno.
Diga-me, onde é o lugar que os homens chamam de inferno?

MEFISTÓFELES: Debaixo do firmamento.

FAUSTO: Está bem, mas onde?

MEFISTÓFELES: Nas entranhas desses elementos,
onde somos torturados e ficamos para sempre:
o inferno não tem limites, não se localiza
num só lugar; porque o inferno é onde estamos,
e onde for o inferno, lá estaremos para sempre...

MARLOWE, *Doutor Fausto*

I

Manuela desgrudou os olhos remelentos com dificuldade, esticou-se um pouco e, virando-se para o lado oposto àquele em que dormia a Japonesita, estendeu a mão para pegar o relógio. Cinco para as dez: missa das onze. As remelas borrachentas selaram novamente seus olhos depois que ela pôs o relógio sobre o caixote ao lado da cama. Pelo menos meia hora até a filha pedir o café da manhã. Passou a língua na gengiva desguarnecida: era como serragem quente, a respiração de ovo podre. De tanto tomar *chacolí*[1] para acelerar os homens e fechar cedo. Num sobressalto – claro! – abriu os olhos e sentou-se na cama: Pancho Vega andava pelo povoado. Cobriu os ombros com o xale cor-de-rosa amontoado junto aos pés do lado em que dormia a filha. É. À noite tinham vindo com aquele papo. Para ela tomar cuidado porque o caminhão dele andava pelas redondezas,

1 Vinho chileno leve, um tanto ácido. Espécie de sidra; vinho branco produzido a partir de uvas verdes. [N.T.]

o caminhão com a parte da frente achatada, vermelho, de pneus duplos nos eixos traseiros. No começo Manuela não acreditara em nada daquilo porque sabia que graças a Deus agora Pancho Vega tinha outro rolo lá pelos lados de Pelarco, onde estava fazendo uns ótimos fretes de *orujo*.[2] Só que pouco depois, quando a história do caminhão já estava quase esquecida, ouvira a buzina na outra rua, na frente do correio. Quase cinco minutos seguidos aquela buzina continuaria tocando, rouca e insistente, uma coisa de deixar a pessoa maluca. Ele tinha mania de buzinar daquele jeito quando estava bêbado. O cretino se achava muito engraçado. Então Manuela fora dizer à filha que era melhor fechar logo, para que se expor, estava com medo de que acontecesse o mesmo da outra vez. A Japonesita dissera às meninas que encerrassem logo o assunto com os clientes, ou então que os pusessem para fora: que se lembrassem do ano anterior, quando Pancho Vega andara pelo povoado na época da colheita e aparecera no estabelecimento com um bando de amigos baderneiros e entupidos de vinho – podia até ter corrido sangue se *don* Alejandro Cruz não tivesse chegado, obrigando os caras a se comportarem com moderação, e como eles acabaram se entediando, foram embora. Mas diziam que depois disso Pancho Vega andava por toda parte, furioso, jurando:

– Vou comer aquelas duas muito bem comidas, a Japonesita e o veado do pai dela...

2 Aguardente destilada do bagaço de uva. [N.T.]

Manuela se levantou da cama e começou a vestir a calça. Vai ver que Pancho continuava no povoado... Suas mãos duras, pesadas, mãos que pareciam de pedra, que pareciam de ferro, claro, lembrava-se delas. No ano passado o animal tinha enfiado na cabeça que ela ia fazer uma dança espanhola. Que tinha ouvido dizer que quando a festa esquentava com o *chacolí* da estação e os frequentadores eram de confiança, Manuela punha um vestido vermelho de bolas brancas muito bonito e fazia uma dança espanhola. Imagine só! Sujeito grosso! Imagine se ela ia dançar para ele, que pretensão! É o tipo de coisa que só faço para os senhores finos, para os amigos, não para uns bundas-sujas nojentos como vocês nem para peões metidos que se acham grande coisa só porque desfilam por aí com a féria da semana no bolso... e as coitadas das mulheres deles se acabando no tanque para que os filhos não morressem de fome enquanto os engraçadinhos dos maridos se encharcavam de vinho e ponche e até de aguardente... Não mesmo! E como havia exagerado na bebida, dissera-lhes exatamente isso. Foi aí que Pancho e seus amigos se irritaram. Para começar, passaram a tranca no estabelecimento e quebraram um montão de garrafas e pratos e esparramaram os pães e os frios e o vinho pelo chão. Depois, enquanto um deles torcia o braço dela, os outros arrancaram sua roupa e a obrigaram a vestir o famoso vestido de espanhola, rasgando-o inteirinho. Tinham investido para cima da Japonesita quando *don* Alejo chegou como por milagre, parecia até que estava atendendo a uma oração. Tão bom, ele. Tinha até cara de

Papai do Céu, com aqueles olhos que pareciam de louça azul-anil e os bigodes e sobrancelhas de neve.

Ajoelhou-se para tirar os sapatos que estavam debaixo do catre e sentou-se na beirada do colchão para calçá-los. Tinha dormido mal. Não era só o *chacolí*, que dava tanto inchaço. É que sabe lá por que os cachorros de *don* Alejo tinham uivado a noite inteira no parreiral... Ia passar o dia bocejando e sem energia para nada, com dores nas pernas e nas costas. Atou os cadarços devagar, com laços duplos. Quando se ajoelhou, viu lá no fundo, debaixo do catre, sua maleta. De papelão, com a pintura descascada, as beiradas meio brancas, amarrada com um barbante: continha todos os seus bens. Inclusive o vestido. Quer dizer, o que sobrara de seu vestido tão lindo depois da cena com aqueles brutos. Hoje, enquanto seus olhos desgrudavam, não, mentira, ontem à noite, vai saber por quê, quando lhe disseram que Pancho Vega andava pelo povoado, ficara tentada a tirar o vestido da maleta. Fazia um ano que não encostava a mão nele. Que insônia que nada, não era insônia, nem *chacolí* azedo, nem cachorros no parreiral, nem dor nas costas! Sem fazer ruído para não irritar a filha, abaixou-se outra vez, puxou a maleta e abriu-a. Uma desgraça. Melhor nem tocar no vestido. Mas tocou. Ergueu o corpete... Não, pelo jeito não está tão arrebentado assim... O decote, a cava... consertar. Passar a tarde de hoje domingo costurando ao lado do fogão para que o corpo não ficasse dormente. Dar um jeito nos babados e na cauda, experimentando para que as meninas me digam onde é preciso apertar, porque no ano passado emagreci três quilos. Mas estou sem linha. Arrancando um fragmento de tecido da ponta da cauda, guardou-o no bolso. Depois que servisse o café da manhã da filha, daria uma passada pela casa de Ludovinia para ver se ela conseguia encontrar no meio de seus badulaques um pouco de linha vermelha no tom do vestido. Ou num tom aproximado. Num vilarejo como a Estação El Olivo não dava para ser exigente. Guardou de novo a maleta debaixo do catre. É, ia até a casa da Ludo, mas antes de sair precisava verificar se Pancho tinha ido embora, se é que era verdade que na noite anterior ele passara pelo povoado. Porque era bem possível que tivesse ouvido aquelas buzinadas em sonhos, como às vezes ao longo do ano lhe acontecia de ouvir o vozeirão dele ou de sentir as mãos abusadas dele, ou que tivesse simplesmente imaginado as buzinadas da noite anterior relembrando as do ano passado. Sabe lá. Tiritando, vestiu a camisa. Envolveu-se no xale cor-de-rosa, encaixou os dentes postiços e saiu para o quintal com o vestido pendurado no braço. Erguendo o rostinho enrugado como uma passa de uva, suas fossas nasais escuras e pilosas de égua velha se dilataram ao sentir no ar da manhã nublada o aroma deixado pela vindima recém-concluída.

Seminua, com uma página de jornal na mão, Lucy saiu de seu quarto como uma sonâmbula.

– Lucy!

Vai apressada: tão traidores, os vinhos novos.

Trancou-se na latrina a cavaleiro sobre a vala do fundo do quintal, ao lado do galinheiro. Mas não, não vou mandar a Lucy. Mando a Clotilde.

– Ei, Cloty...

...com sua cara de idiota e seus braços magricelas afundados na espuma da artesa em meio ao reflexo das folhas da parreira.

– Ouça, Cloty...

– Bom dia.

– Por onde anda a Nelly?

– Está na rua, brincando com as crianças da vizinha. A dona é tão boa com ela... Sabendo o que a gente é, e tudo...

Puta triste, puta de mau agouro. Bem que avisara a Japonesita, quando ela acolhera Clotilde um mês e pouco atrás. E tão velha. Quem ia querer ir lá para dentro com ela? Se bem que à noite, embrutecidos pelo vinho e com a pele faminta por outra pele, por qualquer pele desde que fosse quente e que se pudesse morder e apertar e lamber, os homens nem chegavam a se dar conta do que estavam levando para a cama: cachorro, velha, qualquer coisa. Clotilde trabalhava como uma mula, não protestava nem mesmo quando a mandavam arrastar os caixotes de Coca-Cola de um lado para o outro. Na noite passada tinha se dado mal. O capiau gordo estava todo animado, mas quando a Japonesita anunciou que estava fechando, em vez de ir para o quarto com a Cloty ele falou que ia sair para vomitar e não voltou mais. Por sorte já havia acertado a conta.

– Quero pedir uma coisa a ela. É que se o Pancho ainda estiver pelas redondezas não vou poder ir à missa... Diga à Nelly para dar uma espiada em todas as ruas, uma por uma, e depois vir me dizer se viu o caminhão dele. Ela sabe, aquele vermelho. Como é que eu vou ficar, sem missa?

Clotilde enxugou as mãos no avental.

– Já vou.

– Acendeu o fogo na cozinha?

– Ainda não.

– Então me empreste umas brasinhas que vou preparar o café da manhã da menina.

Quando se debruçou sobre o braseiro de Clotilde para recolher algumas brasas com uma lata de conservas amassada, Manuela sentiu a coluna estalar. Vai chover. Não dou mais para essas coisas. Agora até medo da aragem da manhã sentia, medo da manhã, principalmente quando estava com medo de tantas coisas e tossia, medo do amargo na boca do estômago e das cãibras nas gengivas, de manhã cedo, quando tudo é tão diferente da noite agasalhada pelo reflexo da lamparina e do vinho e dos olhos despertos, e pelas conversas de amigos e desconhecidos nas mesas, e pelo dinheiro que vai entrando peso a peso no bolso de sua filha, que já devia estar bem cheio. Abriu a porta do salão, derramou as brasas sobre as cinzas do braseiro e pôs a chaleira em cima. Partiu um pão ao meio, passou manteiga e, enquanto preparava o pratinho, a colher e a xícara, cantarolou bem devagar:

...tú la dejaste ir
Vereda tropical...
Hazla vooolver
Aaaaaaaaaaaaaa...[3]

3 *...você permitiu que ela partisse / Vereda tropical... / Faça com que ela volte para mim...* [N.T.]

Podia estar velha, mas ia morrer cantando e de boá. Na maleta debaixo do catre, além do vestido de espanhola Manuela tinha um boá de plumas compridas muito comido de traças. Presente da Ludo anos antes para consolá-la do desprezo de um homem... que homem era aquele, já nem me lembro (um dos tantos que me fizeram sofrer quando jovem). Quando a festa esquentava, se pedissem com jeito, não custava nada pôr o boá mesmo que ficasse parecendo um espantalho e que o boá não tivesse nada a ver com seu número de dança espanhola. Para que as pessoas rissem, só isso, e o riso me envolve e me acaricia e as palmas e os cumprimentos e as luzes, venha beber com a gente, gostosa, qualquer coisa, qualquer coisa, mas dance outra vez para a gente. Para que tanto medo do tal Pancho Vega! Aqueles homens de sobrancelha grossa e voz áspera eram todos iguais: basta escurecer que eles começam a passar a mão. E deixam tudo impregnado de cheiro de óleo de máquina e galpão e cigarro barato e suor... e os restos de vinho avinagrando no fundo dos copos nas sete mesas sujas na madrugada, mesas capengas, riscadas, tudo claro, tudo nítido agora de manhã e em todas as manhãs. E ao lado da cadeira onde estava sentado o gordo da Clotilde ficara um lodaçal, porque o grosso do cara não parara de cuspir a noite inteira – dente cariado, dissera.

A chaleira ferveu. Hoje mesmo falava com a Japonesita. Não estava mais disposta a ficar preparando café da manhã para ela de madrugada depois de trabalhar a noite inteira, e isso com as correntes de ar que penetravam no salão pelas frestas das telhas de amianto mal aparafusadas, nos pontos onde haviam saído do lugar com o terremoto. Clotilde estava se dando tão mal no salão que era melhor que ficasse de empregada. E Nelly podia se encarregar das tarefinhas e depois, quando crescesse... É, Clotilde que servisse o café da manhã para as duas na cama. Que outro trabalho ela podia querer, na idade dela? E além disso não era preguiçosa como as outras putas. Lucy voltou para o quarto. Lá com certeza se jogaria na cama com os pés cheios de barro como uma cadela e passaria a tarde inteira entre os lençóis imundos, comendo pão, dormindo, engordando. Claro que era por isso que sua clientela era tão boa. De gorda que ela era. Às vezes um senhor muito fino fazia a viagem de Duao até lá para passar a noite com ela. Dizia que gostava de ouvir o barulhinho das coxas da Lucy roçando uma na outra, brancas e macias quando ela dançava. Que era por isso que ia até lá. Diferente da Japonesita, que por mais que quisesse ser puta, coitada, não conseguia, de magra que era. Mas como patroa era de primeira. Isso ninguém podia negar. Tão organizada, tão econômica. E todas as segundas de manhã ela ia até Talca de trem para depositar no banco o dinheiro da semana. Sabe lá quanto já tinha guardado. Nunca quisera lhe dizer, embora aquele dinheiro fosse tão dela quanto da Japonesita. E sabe-se lá o que ia fazer com ele, porque aproveitar não aproveitava. Nunca comprava um vestido. Imagine! Vestido! Não queria nem comprar outra cama para que cada uma delas dormisse na sua. Na noite passada, por exemplo. Não tinha dormido nada. Vai ver que foi por causa dos cachorros de *don* Alexandro latindo no parreiral. Ou será que estava sonhando? E aquela buzinação. De qualquer forma, na sua idade, dormir na mesma cama com uma mulher de dezoito anos não era agradável.

Pôs o pratinho com o pão em cima da xícara fumegante e saiu. Clotilde, lava que lava, gritou para ela que Nelly já tinha ido ver. Manuela não respondeu nem agradeceu, mas, aproximando-se para verificar se ela estava lavando a roupa das outras putas, ergueu as sobrancelhas finas como fios de linha e olhando-a com os olhos franzidos de fingida paixão, cantou:

Veredaaaaaaaa
tropicaaaaaaaaaa - aal.

II

O estabelecimento estava afundando. Um dia perceberam que a terra da calçada já não estava no nível do piso do salão, mas acima, e fizeram uma contenção com uma tábua de quina mantida no lugar por duas cunhas. Mas não deu certo. Com os anos, sabe lá como, quase imperceptivelmente, a calçada continuou subindo de nível enquanto o piso do salão, talvez de tanto ser regado e pisoteado para as danças, continuou baixando. A tábua que puseram nunca virou degrau normal. Os saltos dos sapatos dos *huasos*[4] que entravam trançando, aos tropeções, moíam a terra, deixando um buraco sujo limitado pela tábua que ia ficando gasta, uma fresta que acumulava fósforos queimados, papéis de bala de menta, fragmentos de folhas, lascas de madeira, fiapos, botões. Em volta das cunhas às vezes nascia capim.

Manuela se acocorou na porta para arrancar alguns matinhos. Não tinha pressa. Faltava meia hora para a missa.

4 Camponeses do Chile. [N.T.]

Meia hora inofensiva, despojada de toda tensão depois das notícias trazidas por Nelly: nenhum caminhão, nenhum carro no povoado inteiro. Claro, foi sonho. Não se lembrava nem mesmo de quem aparecera com aquela história. E os cachorros. Não havia razão para que estivessem soltos no parreiral com aquele tempo, quando já não restava nem um cacho para alguém roubar. Bom. Cinco minutos até a casa de Ludovinia, um quarto de hora para buscar a linha e cinco minutos para qualquer coisa, para tomar um matezinho ou fofocar um pouco em alguma esquina. E depois, sua missa.

Pelas dúvidas, olhou rua acima na direção da alameda que limitava o povoado naquele lado, três quadras adiante. Ninguém. Nem uma única alma. Claro. Domingo. Até as crianças, que sempre armavam um berreiro dos diabos jogando bola no meio da rua, deviam estar esperando perto da porta da capela para pedir esmola se chegasse algum carro de rico. Os álamos balançaram. Se o vento aumentasse, o povoado inteiro seria invadido pelas folhas amarelas durante uma semana pelo menos, e as mulheres passariam o dia inteiro varrendo-as de todos os lugares, dos caminhos, das varandas, das portas e até de debaixo das camas para juntá-las em montões e queimá-las... a fumaça azul ganhando força numa clareira cariada, arrastando-se como um gato grudada aos muros de adobe, formando rolos no que restava das paredes desmoronadas e cobertas de capim, e o matagal tomando conta e invadindo os quartos das casas abandonadas e as calçadas, a fumaça azul nos olhos que ardem e lacrimejam com o último calor da rua. No bolso da jaqueta a mão de Manuela apertou o pedacinho de tecido do vestido como quem tortura um talismã para obrigá-lo a operar sua mágica.

Uma quadra apenas para chegar à estação onde acabava o povoado daquele lado e à casa de Ludo virando a esquina, sempre bem protegida com um braseiro aceso desde cedo. Apressou o passo querendo deixar para trás as casas daquele trecho, que eram as piores. Restavam poucas habitadas porque fazia muito tempo que todos os tanoeiros haviam transferido suas atividades para Talca: agora, com as ruas boas, chegava-se num abrir e fechar de olhos saindo pelos fundos. Não que do outro lado do povoado, para o lado da capela e do correio, as casas fossem melhores ou os habitantes mais numerosos, mas afinal era o centro. Claro que em tempos melhores o centro era aquilo, a estação. Agora não passava de um potreiro cortado pela via férrea, um semáforo inativo, uma plataforma de concreto toda rachada e derreada entre os pés de funcho debaixo da dupla de eucaliptos grotescos, uma máquina trilhadeira antediluviana entre cujos ferros alaranjados pela urina as crianças brincavam como com um sáurio domesticado. Mais à frente, atrás do galpão de madeira encanecida, mais funchos e um canal separavam o povoado dos parreirais de *don* Alejandro. Manuela se deteve na esquina para contemplá-los por um instante. Vinhas e mais vinhas e mais vinhas por todos os lados até onde a vista alcançava, até a cordilheira. Talvez nem todas fossem de *don* Alejandro. Se não fossem dele eram dos parentes dele, dos irmãos e dos cunhados, no máximo dos primos. Todos Cruz. As varilhas das vinhas convergiam até as casas da granja El Olivo, rodeadas por um parque não muito grande, mas parque mesmo assim, e pela aglomeração de ferrarias, leiterias, tanoarias, galpões e depósitos de vinho de *don* Alejo. Manuela suspirou. Tanto dinheiro. E tanto poder: ao herdar, mais de meio século antes, *don* Alejo mandara construir a estação El Olivo para que o trem parasse ali mesmo e levasse seus produtos. Tão bom que era *don* Alejo. O que seria dos moradores do lugar sem ele? Andavam dizendo que agora sim era verdade que o senhor ia conseguir que instalassem luz elétrica no povoado. Tão alegre e nem um pouco metido, e isso sendo senador e tudo. Nada a ver com certas pessoas que achavam que só por terem voz áspera e cabelo no peito podiam sair insultando os outros. E *don* Alejandro, que era tão homem? Verdade que no verão, quando ia à missa no povoado com Misia Blanca e por acaso cruzava com ela na rua, o senhor se fazia de sonso. Só que às vezes, se Misia Blanca estivesse distraída, bem que ele piscava o olho para ela.

Ludo serviu mate e *sopaipillas*.[5] Manuela se acomodou numa cadeira perto do braseiro e começou a remexer o conteúdo das caixas cheias de pedaços de fita e botões e sedas e lãs e fivelas. Ludovinia já não conseguia ver o que havia dentro das caixas porque estava muito mal da vista. Quase cega. Tanto que aconselhou Manuela a não ser boba

5 No Chile, bolinhos de farinha de trigo fritos. [N.T.]

e comprar outros óculos! Mas ela nunca quisera. Quando Acevedo morreu, logo antes de fecharem o caixão, Ludo quase enlouquecera e inventara de pôr lá dentro alguma coisa sua para acompanhar o marido por toda a eternidade. Não pensou em nada melhor do que os óculos. Claro. Era empregada de Misia Blanca quando Moniquinha morreu de tifo: a senhora, desesperada, cortara a trança loura que lhe chegava até as curvas e pusera dentro do caixão. O cabelo de Misia Blanca tornara a crescer. Para imitá-la, a boba da Ludo ficou sem enxergar. Por Acevedo, dizia, que era tão ciumento. Assim nunca mais olhava para outro homem. Quando vivo, ele não permitia que ela tivesse amigos nem amigas. Só Manuela. E quando o provocavam dizendo que de todo modo a Japonesita era filha de Manuela, o tanoeiro ria sem acreditar. Mas a Japonesita crescera e não havia como duvidar: magra, negra, dentuça, com a melena esticada igualzinha à de Manuela.

Com os anos Ludo ficara muito esquecida, repetia tudo. Ontem contou a Manuela que quando Misia Blanca veio visitá-la trouxe um recado de *don* Alejo, que ele queria comprar a casa, estranho não, e de novo diz *don* Alejo está interessado na propriedade mas não entendo para quê e eu não quero sair daqui, quero morrer aqui. Ah, não, que coisa irritante! Não tinha mais graça brincar com ela. Ludo nem sabia mais o que estava guardado na profusão de caixas, pacotes, maços, rolos que escondia em suas gavetas ou debaixo do catre ou nos cantos juntando pó atrás da penteadeira, enfiado entre o armário e a parede. E as pessoas então? Não se lembrava de mais ninguém, só das pessoas da família de *don* Alejo, e sabia o nome de todos, até dos bisnetos dele. No momento não conseguia se lembrar de quem era Pancho.

– Como assim, não se lembra? Falei tanto dele para você.

– Você fica o tempo todo me falando de homens.

– Aquele homenzarrão grandão e bigodudo que no ano passado vinha muito ao povoado, o do caminhão vermelho, eu falei para você. Ele era da granja El Olivo, mas foi embora e se casou. Depois andou por aqui de novo. Aquele de sobrancelhas bem pretas e nuca de touro que eu, antes, quando ele era mais moço, achava tão simpático, até que uma vez ele foi ao estabelecimento com uns caras bêbados e ficou enchendo o saco. Aquela vez que eles acabaram com o meu vestido de espanhola.

Não adiantava. Para Ludo, Pancho Vega não existia. Manuela teve vontade de se levantar, jogar o mate e as caixas de linha no chão e voltar para casa. Velha cretina. Não tem mais nada dentro da cabeça, só uma pasta mole. De que adiantava falar com Ludo se ela já não sabia quem era Pancho Vega? Remexeu o conteúdo da caixa para encontrar sua linha e poder sair dali. Ludo ficou muda enquanto Manuela remexia. Depois começou a falar.

– Ele está devendo dinheiro a *don* Alejo.

Manuela olhou para ela.

– Ele quem?

– Esse aí de quem você está falando.

– Pancho Vega?

– Isso.

Manuela enrolou a linha vermelha no dedo mindinho.

– Como você sabe?

– Encontrou a linha? Não leve tudo.

– Está bem. Como você sabe?

– Misia Blanca me falou no outro dia, quando veio me visitar. O filho do falecido Vega, que era tanoeiro-chefe de *don* Alejo no tempo em que eu trabalhava para eles. Não me lembro do nome do garoto. Misia Blanca disse que o... como é o nome mesmo?, quis ficar independente dos Cruz e que quando *don* Alejo soube que ele estava querendo comprar um caminhão, apesar de que já fazia um bom tempo que o rapaz tinha saído da granja e de que o falecido Vega tinha morrido e de que Berta também tinha morrido, mandou chamar o tal rapaz e emprestou dinheiro para ele, assim sem mais, sem papel nenhum, para que ele desse a entrada no caminhão...

– Quer dizer que ele comprou o caminhão com dinheiro de *don* Alejo?

– É, e não paga.

– Nada?

– Não sei.

– Faz um ano que ele roda por aí.

– Então.

– Sem-vergonha!

Sem-vergonha. Sem-vergonha. Se ele viesse com grossura, podia falar: Sem-vergonha, passou a perna em *don* Alejo, que é como um pai para você. Assim, falando isso, não ia sentir medo. Ou pelo menos sentiria menos medo. Era como se aquela palavra fosse servir para que ela quebrasse uma crosta dura e ameaçadora de Pancho, ele podia continuar duro, continuar ameaçador, mas seria de outra maneira. Era uma pena que todas aquelas buzinadas não passassem de sonhos... Para que, então, ia remendar o vestido vermelho? Desenrolou o fio de linha do dedo. O que ia fazer hoje a tarde inteira? Chuva, seus ossos sabiam. Visitar Ludo? Para quê? Se ela tornasse a falar de Pancho Vega, com certeza Ludo responderia:

– Você já está velha para andar pensando em homem e sair farreando por aí. Fique sossegada na sua casa, mulher, e agasalhe bem as mãos e os pés, olhe que na nossa idade a única coisa que a gente pode fazer é esperar que a morte venha nos buscar.

Mas a morte era mulher como ela e Ludo, e as mulheres sempre se entendem. Algumas mulheres, pelo menos, se entendem, como Ludo, mulheres que sempre a haviam tratado assim, sem ambiguidades, como devia ser. A Japonesita, em compensação, era pura ambiguidade. De repente, sobretudo no inverno, quando a coitada ficava morrendo de frio e não parava de tiritar desde a colheita até a poda, começava a dizer que gostaria de se casar. E de ter filhos. Filhos! Mas se nem com seus dezoito anos bem completos as regras desciam! Era impressionante. E depois dizia que não. Que não queria ninguém mandando nela. Que já que era dona de um estabelecimento de putas, seria melhor que também fosse puta. Mas se um homem encostava a mão nela, ela saía correndo. Claro que com uma fuça daquelas não iria longe. Quantas vezes ela lhe implorara que fizesse uma permanente. Ludo sempre dizia que era melhor ela se casar, porque trabalhadora a Japonesita era. Que se casasse com um homem bem macho, um homem que mexesse com suas glândulas e a fizesse se apaixonar. Mas Pancho era tão bruto e tão bêbado que ninguém se apaixonava por ele. Quem sabe os netos de *don* Alexandro. No verão, às vezes eles se entediavam nas casas da granja sem nada para fazer e vinham tomar uns tragos: espinhentos, de óculos, calados, mas eram muito jovenzinhos e estavam preocupados com os exames, e iam embora sem beber muito e sem se engraçar com ninguém. Se a Japonesita engravidasse de um deles... não, claro que casar não, mas afinal a criança... Por que não? Era um destino.

Não era com ela que aprendia, pensou Manuela andando na direção da capela, o fio de linha vermelha novamente enrolado no dedo mindinho. Ia ajustar o vestido aqui na cintura e aqui na bunda. E se vivesse numa cidade grande, dessas onde dizem que tem carnaval e onde todas as loucas saem pela rua dançando, vestidas com suas melhores roupas, e se divertem muito e ninguém diz nada, ela sairia vestida de espanhola. Mas aqui os homens são idiotas, como Pancho e seus amigos. Ignorantes. Alguém lhe dissera que Pancho andava com uma faca. Mas não era verdade. No ano passado, quando Pancho quase batera nela, tivera a presença de espírito de apalpar o estúpido por todos os lados: estava sem nada. Idiota. Tanta conversa contra as coitadas das loucas, e a gente nem faz nada com eles... e quando ele me imobilizou com os outros homens, bem que me deu uns agarrões, não eram agarrões inocentes, então com a idade e a experiência a gente não ia perceber? E furioso porque a gente é bicha, nem sei direito o que ele falou que ia fazer comigo. Quero só ver, sem-vergonha, safado. Me dá uma vontade de vestir a roupa de espanhola na frente dele para ver o que ele faz. Agora, por exemplo, se ele estivesse aqui no povoado. Ir para a rua enfiada no vestido e com flores atrás da orelha, e toda maquiada, as pessoas na rua dizendo oi, Manuela, nossa, que elegância, posso acompanhá-la? O maior sucesso, euzinha... E aí Pancho, furioso, me encontra numa esquina e me diz você me dá nojo, vá tirar isso, você é uma vergonha para o povoado. E bem na hora que ele vai me surrar com aquelas mãos enormes dele, eu desmaio... nos braços de *don* Alejo, que vai passando. E *don* Alejo diz para ele me deixar em paz, para não se meter comigo, que tenho muito mais categoria que ele, que afinal de contas não passa de filho de peão, enquanto eu sou a grande Manuela, conhecida em toda a província, e expulsa Pancho para sempre do povoado. Aí *don* Alejo me manda entrar no carro e me leva até a granja e me deita na cama de Misia Blanca, que é toda de cetim cor-de-rosa, segundo Ludovinia, linda, e vão buscar o melhor médico de Talca, enquanto Misia Blanca me aplica compressas e me faz cheirar uns sais e me abraça e diz olhe Manuela, quero ser sua amiga, fique aqui em casa até sarar, e não se preocupe, pode ficar no meu quarto, peça o que quiser, não se preocupe, não se preocupe, porque Alejo vai expulsar do povoado toda essa gente que não presta.

– Manuela.

Uma esquina. Os pés enfiados no barro de uma poça na rua. Bigodes brancos, manta de vicunha, olhos azul-anil protegidos pela aba do chapéu e, atrás, os quatro cachorros pretos alinhados. Manuela retrocedeu.

– Deus do céu, *don* Alejo, como o senhor pode andar pela rua com essas feras? Segure os cachorros. Já vou indo, já vou indo. Segure.

– Eles não vão fazer nada com você. Só se eu mandar. Quieto, Moro...

– O senhor devia ser preso por andar com eles por aí.

Manuela recuava para a outra calçada.

– Aonde você vai? Estava com os pés na água.

– Aposto que vou me resfriar. Ia à missa, obedecer aos mandamentos. Não sou nenhuma herege como o senhor, *don* Alejo. O senhor está com cara de fantasma, aposto que andou na farra, com a sua idade, estou avisando...

– E você, vai pedir perdão por seus pecados, grandessíssima...

– Pecados! Antes fosse. Vontade não me falta, mas olhe como estou magra. Santinha: Virgem e Mártir...

– Andam dizendo que você enfeitiçou o Pancho Vega...

– Quem disse?

– Ele. Cuidadinho.

Os cachorros se agitaram atrás de *don* Alejo.

– Otelo, Moro, deitados...

A água encharcando-lhe as meias, a calça fria grudada em suas canelas. Fazia anos que não se sentia tão mal das pernas. Ao subir a rampa para a outra calçada, chutou um porco para que se afastasse, mas escorregou e teve de se apoiar no lombo do bicho. Em segurança na outra calçada, perguntou a *don* Alejo:

– Cuidadinho com quem?

– Com Pancho. Dizem que ele só fala em você.

– Mas se ele nem vem mais para El Olivo... Parece que ele está lhe devendo um dinheiro...

Don Alejo riu.

– Você sabe tudo, sua velha intrigante. Será que também está sabendo que eu ontem fui ao médico em Talca? E sabe o que ele me disse?

– Ao médico, *don* Alejo? Mas o senhor está tão bem...

– Agora mesmo você disse que eu estou com uma aparência ruim. Com aparência ruim é você que vai ficar, quando o Pancho pegar você.

– Mas ele nem está no povoado.

– Está. Está, sim.

Então as buzinadas da noite anterior... Não, não ia à missa. Não estava disposta a tolerar impertinências na rua. Estava tão frio... Por esta vez, Deus a perdoaria. Ia pegar um resfriado. Na sua idade, melhor ir para a cama. É. Ir para a cama. Deixar para lá o vestido de espanhola. Ir para a cama se a Japonesita não lhe dissesse para fazer alguma coisa, sei lá, alguma dessas tarefas que às vezes ela a mandava fazer aos gritos. No ano passado Pancho Vega torcera tanto seu braço que quase o quebrara. Agora o braço doía. Não queria nada com Pancho Vega. Nada.

– Não vá embora, mulher...

– Claro. Não é no senhor que ele vai bater.

– Espere.

– Ah, *don* Alejo, o senhor pode falar o que quiser. Não vê que estou com pressa? Meus pés estão ensopados. Se eu morrer, o senhor é que vai pagar meu enterro, porque a culpa é sua. Enterro de primeira, hem...

Don Alejo, seguido por seus cachorros, ia andando na frente de Manuela pela outra calçada, sempre falando com ela. O último sinal da missa das onze. Teve de gritar para que Manuela ouvisse, porque a charrete dos Guerrero passou carregada de crianças que cantavam:

Que llueva,
que llueva.
La vieja está en la cueva
los pajaritos cantan...[6]

– O que o senhor quer, *don* Alejo?

– Ah, sim. Diga à Japonesita que preciso urgentemente falar com ela. À noite passo lá. E também quero falar com você.

Antes de dobrar a esquina, Manuela estacou.

6 *Que chova, / que chova. / A velha está na cova / os passarinhos cantam...* [N.T.]

– Vai passar de carro?

– Não sei. Por quê?

– Para que estacione na frente da porta da casa. Assim Pancho vê que o senhor está lá conosco e não tem coragem de entrar.

– Se eu não for de carro, deixo os cachorros do lado de fora. Pancho tem medo deles.

– Claro, aquilo é um covarde.

III

A srta. Lila olhou para Pancho Vega pelo postigo, mas apesar das coisas que ele estava lhe dizendo não baixou os olhos porque o conhecia fazia tanto tempo que já não se escandalizava. Além disso, fico tão feliz de voltar a ver esse aloprado.

– Você parece um marinheiro desembarcado, Pancho, ainda mais agora com esse seu caminhão, com seus fretes: uma mulher em cada porto. Agora é que a Emita nunca mais vê você, coitada. Que sina, ser sua esposa.

– Ela não se queixa.

Agora, sim, que a srta. Lila ficou toda vermelha.

– E você, Lilita?

Tentou pegar a mão dela através do postigo.

– Pare com isso, bobo...

Com um gesto, a srta. Lila apontou para Octavio, que fumava junto à porta, olhando a rua. Pancho se virou para verificar qual era o objeto do temor de Lila e quando viu que era apenas o cunhado deu de ombros. No interior do galpão em cuja extremidade funcionava o correio, só havia *don* Céspedes, sentado num dos fardos de trevo que formavam uma escada na outra extremidade. O velho desceu de seu fardo e começou a olhar a rua apoiado no batente, do lado de lá de Octavio. Fora, um grupo de pessoas rondava o outro galpão, o que nos domingos servia de capela e durante a semana de local de reunião do partido. Era menor que o galpão do correio e também pertencia a *don* Alejo, mas as funções de um e de outro nunca haviam sido trocadas: o espaço da atual capela bastava para acolher os paroquianos, sobretudo depois da vindima, quando os forasteiros e os familiares dos donos das granjas já haviam partido. Pancho se virou e acendeu um cigarro.

– O padre já chegou de San Alfonso?

Don Céspedes balançou a cabeça dizendo que não.

– O carro deve ter quebrado.

Octavio deu palmadinhas nas costas do velho.

– O senhor é tão velho e tão ingênuo, *don* Céspedes, francamente. Hoje de manhã o padre devia estar morrendo de sono e resolveu não sair da cama. Ouvi falar que ele passou a noite inteira dançando no estabelecimento da Pecho de Palo, lá em Talca...

A srta. Lila pôs a cabeça para fora.

– Seus pecadores! Vocês vão acabar no inferno.

Pancho riu enquando *don* Céspedes tirava a mão de debaixo da manta para se benzer. Octavio foi se instalar sobre os fardos. *Don* Céspedes examinou o céu.

– Vai chover.

Imitou Octavio e foi se encarapitar acima dele nos degraus de fardos; deixou pendentes os pés encolhidos, escuros, deformados pelas cicatrizes e a sujeira, enfiados em suas *ojotas*[7] enlameadas.

A conversa do postigo prosseguia.

– Então... esta noite você não esteve na cama da Japonesita?

– Eu? Não, eu não. Faz tempo que não apareço por lá. Não sou muito bem-vindo.

– É que você também... encrenqueiro do jeito que é...

– O pior é que estou apaixonado.

Ela disse que claro, a Japonesita era uma boa menina e tudo o mais, só que feia, e que não se vestia na moda, parecia uma garota de orfanato com aquelas calças folgadas que iam até o tornozelo que ela usava por baixo dos aventais. Claro que era esquisitíssimo ela se dedicar àquele negócio, sendo que todo mundo sabia que ela era uma boa menina. Claro, claro, herança da mãe, mas por que ela não vendia? Quando pequena, a Japonesa Grande a mandava à escola, isso no tempo em que havia escola em El Olivo, que aliás funcionava aqui mesmo, neste galpão, antes que *don* Alejo o comprasse. Todas as meninas a tratavam bem, a professora também, e mesmo assim, foi o que me contou minha irmã mais moça, a Japonesita se mandava, ia se esconder pelos lados da estação, dizem, até o fim das aulas, para que

7 Calçado típico dos camponeses chilenos; mistura de sandália com chinelo. [N.T.]

a Japonesa Grande não percebesse que ela não ia à escola, e nunca saía de casa para brincar nem nada, e não cumprimentava ninguém... Bom, todas as pessoas decentes têm pena da Japonesita, tão esquisita, coitadinha. A srta. Lila, aliás, sempre procurava o olhar da Japonesita para cumprimentá-la com toda a cortesia sempre que a encontrava na rua. E por que não, não é mesmo?

– É, mas estou apaixonado por ela...

A srta. Lila olhou para ele perturbada.

– Mas por quem?

– Pela Manuela, ora...

Todos riram, até ela.

– Os homens são uns porcos, uns tarados. Deviam se envergonhar...

– É que ela é tão linda...

A dupla voltou a cochichar através dos barrotes de bronze. *Don* Céspedes desceu outra vez os degraus de forragem e se posicionou junto à porta, olhando para o céu.

– Lá vem água. Minha mãe...

As pessoas que esperavam perto da porta da capela se abrigaram debaixo do beiral, grudadas à parede e com as mãos nos bolsos, por trás da cortina de água que caía das telhas. O cavalo da charrete dos Guerrero ficou ensopado num segundo, e os Valenzuela, que vinham chegando, se refugiaram no Ford para esperar o início da missa. *Don* Alejo entrou correndo no correio, seguido por seus quatro cachorros pretos. Sacudiu a água da manta e do chapéu. Os cachorros também se sacudiram, e Octavio subiu nos fardos para não ficar encharcado. Depois se agitaram pelo galpão, que parecia pequeno para eles.

– Bom dia, *don* Céspedes...

– Bom dia, patrão.

Em seguida olhou para Octavio, mas não o cumprimentou. Viu Pancho de costas, que, encostado ao postigo, interrompeu o que estava fazendo só que não se virou.

– Prazer em vê-lo, Pancho...

Como Pancho não se moveu, *don* Alejandro atiçou seus cachorros, que se levantaram.

– Otelo, Sultán...

Pancho se virou. Levantou as mãos como quem espera um balaço. *Don* Alejo chamou seus cachorros antes que atacassem.

– Moro, aqui...

– Suas brincadeirinhas, *don* Alejo...

– Pelo menos responda quando o cumprimentam.

– Esse tipo de brincadeira é coisa que não se faz.

Octavio olhou para eles do alto dos fardos, de junto das vigas que sustentavam as telhas de eternit. *Don* Alejo se aproximava de Pancho cruzando o depósito, cercado pelos cachorros que se moviam agitados. Em todo aquele espaço pardacento onde até a cal da parede era cor de terra, a única coisa viva era o azul-anil dos olhos de *don* Alejo e as línguas babosas, vermelhas dos cachorros.

– E as suas brincadeiras, então? Você acha que são pouco, seu miserável mal-agradecido? Acha que eu não sei o que você veio fazer aqui? Fui eu que consegui os fretes de *orujo* para você, mas eu mesmo liguei para o Augusto outro dia para dizer a ele que não lhe passe mais nada.

– Acho melhor a gente ir conversar em outro lugar...

– Por quê? Não quer que as pessoas fiquem sabendo que você é um sem-vergonha e um mal-agradecido? Está chovendo e não quero me molhar ainda mais, o médico me disse para tomar cuidado. O senhor, *don* Céspedes, faça-me o favor de ir até o açougue aqui do lado dizer ao Melchor que me mande umas boas pelancas para que estes cachorros fiquem quietos. E esse aí, quem é?

Octavio desceu dos fardos em dois saltos. Enquanto sacudia o terno escuro e ajustava a gravata frouxa no colarinho aberto da camisa, pigarreou antes de responder. Mas quem respondeu foi Pancho.

– É o meu cunhado Octavio.

– O do posto de gasolina?

– Esse mesmo, senhor. Para servi-lo. Sou compadre do Pancho, de modo que pode falar na minha frente...

A agitação dos quatro cachorros pretos de caudas suntuosas, de goelas anelantes, enchia o galpão. Os olhos de louça de *don* Alejo enfrentaram o olhar negro de Pancho, obrigando-o a permanecer fixo por baixo das pestanas sombrias. Lia naqueles olhos como num livro: Pancho não queria que Octavio soubesse da dívida. O vento agitou as listas de cartas ainda não reclamadas pregadas na parede.

– De modo que para você está tudo bem eu lhe chamar de sem-vergonha e mal-agradecido? Então é porque além disso você é um covarde de merda.

– Pare com isso, *don* Alejo.

– Seu pai, que Deus o guarde em Sua Glória, não teria permitido que eu falasse assim com ele. Era um homem de verdade. Olhe só o filhinho que ele arranjou! Só lhe emprestei o dinheiro em memória de seu pai. E é só por isso que não mando lhe prender. Ouviu bem?

– Não assinei nenhum documento.

A fúria de *don* Alejo foi tamanha que até os cachorros a sentiram e se levantaram rosnando e arreganhando os dentes para Pancho.

– Como ousa?

– Eu lhe trouxe as cinco prestações atrasadas.

– E acha que com isso vai me deixar satisfeito? Acha que eu não sei o que você veio fazer aqui? Olhe que nada me escapa e que conheço você como a palma da minha mão. Claro, cortaram os seus fretes. É por isso que você vem com o rabo entre as pernas pagar o que me deve, quer que eu consiga novos fretes para você. Me dê esse dinheiro, desgraçado, mal-agradecido, me dê de uma vez...

– Não sou mal-agradecido.

– O que é, então? Ladrão?

– Pare com isso, *don* Alejo, chega, já está bom assim...

– Me passe o dinheiro.

Pancho entregou o bolo de cédulas, quentes porque estavam comprimidas em sua mão no fundo da calça, e *don* Alejo as contou lentamente, antes de enfiá-las debaixo da manta. Negus lambia a ponta de seu sapato.

– Está bem. Faltam seis prestações para saldar a dívida,

espero que sejam pagas pontualmente, entende? E olhe, qualquer sujeito menos idiota que você já saberia, mas é melhor você saber que tenho muitas fichas na mão. Cuidado. Não é porque não fiz você assinar o papel que vou permitir que me faça de idiota; se lhe dei liberdade foi para ver como você reagia, muito embora, conhecendo você como conheço, já devesse saber, e também para que você se ferre sozinho. Agora já sabe. Da próxima vez me diga que não vai conseguir me pagar durante algum tempo e me peça para esperar, e então, com bons modos, a gente vê o que eu posso fazer...

– É que eu estava sem tempo...

– Mentira.

– É que eu não tinha vindo para estes lados, *don* Alejo.

– Outra mentira. Quando é que você vai perder esse maldito hábito? Me disseram que você foi visto várias vezes no posto de gasolina de seu cunhado na estrada longitudinal. Então você não podia percorrer dois quilômetros para vir até aqui ou ir até a granja? Por acaso não conhece mais o caminho para as casas onde nasceu, animal?

Não, não queria nenhuma ligação com aquelas casas nem com aquele povoado de merda. Que tristeza, entregar seu dinheiro a *don* Alejo. Era reconhecer o vínculo, submeter-se novamente, tudo aquilo que conseguira esquecer um pouco, como quem assobia para esquecer o terror do escuro, durante os cinco meses que tivera forças para não pagar, para resistir e guardar aquele dinheiro para sonhá-lo em outras coisas, como se tivesse o direito de fazer isso.

É dinheirinho para a casa que a Ema quer comprar naquele bairro novo de Talca, aquele com as casas todas iguais, só que pintadas de cores diferentes de modo que não ficam iguais, e quando Ema enfia uma coisa na cabeça não há quem resista. Por sorte agora, nesta época de tanto frete, Pancho quase não passa em casa, às vezes prefere estacionar o caminhão na estrada e dormir ali mesmo. E é por isso, dizia ela, é por isso que quase não vejo você, e sei lá o que você anda fazendo por aí, é por isso que eu e a menina precisamos receber alguma compensação... e quando eu cair de cama com úlcera, um fogo que me queima aqui, um animal que chafurda com o focinho e me morde e suga e chupa, aqui, aqui dentro, e que não me deixa dormir nem falar nem me mexer nem beber nem comer, só respirar, às vezes com tudo isto aqui duro e repuxado, com medo de que o animal me dê uma mordida e eu arrebente, então ela cuida de mim e eu olho para ela, porque sem ela eu morreria, e ela sabe, por isso cuida dele como se ele fosse um menino que geme arrependido, mas que sabe que vai voltar a fazer tudo do mesmo jeito, por isso é que Pancho tem necessidade daquela casa. Às vezes dá uma volta por aquele bairro no caminhão e vê como estão desaparecendo as tabuletas com anúncios de "Vende-se". Não há mais nenhuma casa cor-de-rosa, só azuis e amarelas, e Ema queria uma casa cor-de-rosa. Que diferença fazem para *don* Alejo uns poucos milhares de pesos?

– E por que o senhor não fala com *don* Augusto para ele me passar de novo aqueles fretes tão bons?

– Se eram tão bons, por que você não honrou seu compromisso comigo?

Pancho não respondeu. A chuva ia se acumulando nas poças da rua: impossível atravessar. Chegou o padre e as pessoas entraram na capela. Pancho não respondeu porque não queria responder. Não tinha que prestar contas a ninguém, muito menos àquele cara que pensava que só porque ele havia nascido na sua granja... Filho, diziam, de *don* Alejo. Mas diziam isso de todo mundo, da srta. Lila e da Japonesita e de sei lá quem mais, tanto peão de olho azul por aqueles lados, mas eu não. Boto a mão no fogo pela minha velha, e os olhos, meus olhos são pretos e as sobrancelhas também, às vezes acham que sou turco. Não devo nada a ele. Quando criança, trabalhara como tratorista e depois aprendera a dirigir o carro, às escondidas, roubando-o de *don* Alejo, ele e os netos do senhor, que eram da idade dele... Só isso. A única coisa que devia a ele era ter aprendido a dirigir. Ainda precisava pagar várias prestações para quitar sua dívida. Até esse dia, calado. Ema que esperasse. Quem sabe em outro bairro, e depois tudo o que quisesse, a liberdade, ele sozinho, sem ter de prestar contas a ninguém... e me mando de vez deste povoado de merda. Mas o velho tinha que falar na frente do Octavio que atrasei os pagamentos. Para que depois ele deixe escapar, e os metidos dos irmãos da Ema, os outros, não o Octavio, que esse é meu compadre, os outros saiam por aí falando mal de mim.

– Ué! Por quê?

Don Céspedes volta com as pelancas. Os cachorros, agitados, gemeram, lambendo os pés dele, as mãos, pulando em cima dele até quase derrubá-lo.

– Jogue uma pelanca para eles, *don* Céspedes...

A pele mole e sanguinolenta voou e os cachorros pularam atrás dela e depois caíram os quatro juntos no chão feito um nó, disputando o pedaço de carne ainda quente, quase viva. Destroçaram-no, arrastando-o pelo chão e latindo uns para os outros, com os focinhos vermelhos cheios de baba e os palatos granulosos, os olhos amarelos reluzindo nas caras estreitas. Os homens se encostaram nas paredes. Devorada a pelanca, os cachoros tornaram a dançar em torno de *don* Alejo, não de *don* Céspedes, que fora quem os alimentara, como se soubessem que o senhor de manta é o dono da carne que comem e das vinhas que guardam. Ele os acaricia – seus quatro cachorros pretos como a sombra dos lobos têm as presas sanguinárias, as pesadas patas ferozes da raça mais pura.

– Não. Só depois que você me pagar todas as prestações que ainda faltam. Não tenho a menor confiança em você. Estou velho e vou morrer, e não quero deixar assuntos pendentes por aí...

– Mas, *don* Alejo, como o senhor quer que...

O chão era um lodaçal ensanguentado. Os cachorros farejavam-no, bufando em busca de algum resto que lamber. Pancho Vega cerrou os dentes. Olhou para Octavio, que lhe piscou um olho, não se perturbe, compadre, tenha paciência que juntos daremos um jeito de resolver esse assunto.

Mas como era duro aquele galo aposentado. Ouviram as campainhas da igreja.

– Não vai à missa, Pancho?

Não respondeu.

– Quando você era pequeno, para as missões, ajudava. A coitada da Blanca ficava tão feliz de ver você tão piedoso, tão bonito que você era. E aquelas confissões tão longas, morríamos de rir... E o senhor, *don* Céspedes?

– Claro, patrão...

– Está vendo como *don* Céspedes vai à missa?

Pancho olhou para Octavio, que fez que não com a cabeça.

– *Don* Céspedes é seu peão.

E engoliu em seco para conseguir acrescentar:

– Eu não sou.

– Mas você me deve dinheiro e ele não.

Era verdade. Melhor não pensar no assunto agora. Melhor ir à missa sem discutir. O que é que custa? Quando estou em casa no domingo, Ema veste Normita com o casaco azul-claro enfeitado com pele branca e me diz para ir com elas à missa das onze e meia, que é a melhor, e eu vou porque não me incomodo com isso e gosto de cumprimentar o pessoal do bairro, às vezes gosto e até fico com vontade de ir, outras não, mas vou sempre, tão elegantes que vamos. Vou com *don* Alejo, que me olha da porta fazendo questão. Mas Pancho não consegue deixar de dizer-lhe:

– Não. Não vou.

Octavio sorriu satisfeito, finalmente. Os cachorros pretos saíram. Mas antes de sair, *don* Alejo se virou.

– Ah. Quase esqueço de lhe dizer. Me contaram que você anda falando da Manuela por aí, que ela vai lhe pagar, sei lá o quê mais. Eu que não fique sabendo que você foi se enfiar no estabelecimento da Japonesita para incomodar aquela gente, que é gente boa. Está avisado.

Saiu, seguido por seus cachorros, que atravessaram a rua salpicando-se de barro e esperaram debaixo do beiral, por trás da cortina de chuva. *Don* Céspedes, chapéu na mão, segurou a porta da capela: entraram os cachorros ao som das campainhas e, atrás, *don* Alejo.

IV

A Japonesita não adivinhou imediatamente por que *don* Alejandro tinha tanta urgência em falar com ela. No começo, quando Manuela lhe deu o recado, ficou surpresa, porque o senador sempre vinha visitá-la sem avisar, como quem chega em sua própria casa. Em pouco tempo, porém, deu-se conta de que tanto protocolo só podia significar uma coisa: que finalmente ele ia lhe comunicar os resultados definitivos de suas gestões para a eletrificação do povoado. Fazia um bom tempo que ele se esforçava para que isso acontecesse, mas a resposta à solicitação ia ficando de um ano para o outro, sabe-se lá quantos, já, e sempre acabava sendo necessário adiar o momento oportuno para recorrer às autoridades provinciais. O intendente estava sempre viajando ou no momento estamos com despesas muito elevadas em outra região, ou o secretário da Intendência é do partido inimigo e é preferível esperar.

Mas na segunda-feira anterior, ao atravessar a Praça de Armas de Talca a caminho do banco, a Japonesita encontrara *don* Alejandro a caminho da Intendência. Pararam na esquina. Ele comprara para ela, de presente, disse, um pacote de milho quente, mas enquanto os dois conversavam ele comera quase todo o milho, mastigando bem as cascas que ao cair iam ficando presas nos pelos de sua manta de vicunha na altura onde sua barriga a erguia um pouco. Dissera que agora sim: estava tudo pronto. Meia hora depois tinha uma entrevista com o intendente para jogar na cara dele o abandono da Estação El Olivo. A Japonesita ficou vagando pela praça à espera da saída de *don* Alejo com os resultados da famosa entrevista. Depois, como precisou fazer outras coisas e chegou a hora do trem, não tornou a vê-lo. Passou a semana inteira tentando descobrir se o senhor voltara para a granja, mas naquela semana não chegara a ir até lá nem uma vez. Conformou-se com ficar pensando, esperando.

Mas hoje sim. Finalmente. A Japonesita permaneceu na cozinha depois do almoço, quando cada puta foi se refugiar em seu quartinho, e Manuela foi com Lucy até o quarto desta. Em vez de avivar o braseiro, que era o coração da cozinha, com outra acha de lenha, foi se aproximando cada vez mais do fogo que empalidecia, agasalhando-se cada vez mais com o xale: meus ossos estão azuis de frio. Já estava escurecendo. O aguaceiro não amainava, cobrindo pouco a pouco os pedaços de tijolo que Cloty espalhara para atravessar o quintal. Do outro lado, na direção da porta da cozinha, Lucy deixara a porta do quarto aberta. A Japonesita viu quando ela acendeu uma vela. De vez em quando erguia a cabeça para dar uma olhada e ver do que Lucy e Manuela riam tanto. As últimas gargalhadas, as mais estridentes da tarde inteira, foram porque Manuela, com a boca cheia de grampos para o penteado moderno que estava fazendo em Lucy, caíra na risada e os grampos haviam voado para todo lado, e as duas, Lucy e Manuela, ficaram um bom tempo de joelhos catando-os pelo chão.

Lá fora ainda havia um pouco de luz, mas era uma luz frouxa, sem forças para vencer as trevas da cozinha. A Japonesita estendeu uma das mãos para tocar a chapa: um certo calor. Com a eletricidade tudo aquilo ia mudar. Aquela intempérie. A água escorria para dentro da cozinha, formando um barro que grudava em tudo. Talvez com ela a agressividade do frio que se apropriava de seu corpo com os primeiros ventos, encolhendo-o e garroteando-o, não fosse tão irremediável. Talvez aquela umidade não fosse crescendo de maio a junho, de junho a julho, até que em agosto já lhe parecia estar coberta de mofo, seu corpo, seu rosto, sua roupa, seus alimentos, tudo. O povoado inteiro ressuscitaria com a eletricidade, seria novamente o que era antes, nos tempos da juventude de sua mãe. Na segunda-feira anterior, enquanto esperava *don* Alejo, entrara numa loja que vendia *jukeboxes*. Quantas vezes parara na vitrine para olhá-las, separada da cor e da música daqueles aparelhos por seu próprio reflexo no vidro da vitrine. Nunca havia entrado. Daquela vez, entrou. Um empregado de pestanas desbotadas e orelhas translúcidas veio atendê-la com muitas manifestações de apreço, oferecendo-lhe folhetos, prometendo-lhe ampla garantia. A Japonesita se deu conta de que ele fazia tudo isso sem acreditar que ela realmente tivesse condições de comprar um daqueles aparelhos magníficos. Mas tinha. Depois que a eletricidade fosse instalada no povoado, compraria uma *jukebox*. Na mesma hora. Não, antes. Porque se naquela tarde *don* Alejo viesse com a notícia de que a autorização para a eletrificação havia sido concedida, ou de que algum acordo ou documento fora assinado, ela ia comprar a *jukebox* amanhã mesmo, amanhã segunda-feira, a mais colorida, aquela com uma paisagem de mar turquesa e palmeiras, o maior aparelho de todos. Amanhã segunda-feira falaria com o rapaz das pestanas desbotadas para pedir-lhe que mandasse entregar a *jukebox*. Então, no primeiro dia em que a eletricidade funcionasse no povoado, o aparelho começaria a tocar no seu estabelecimento.

Melhor não dizer nada a Manuela. Se ela desconfiasse do projeto enlouquecia, dando-o por realizado, falando, exigindo, sem lhe dar sossego enquanto ela não resolvesse que não queria comprar mais nada. Estava se despindo no quarto da frente para experimentar o vestido vermelho à luz da vela. Em sua idade não tinha medo do frio. Igualzinho a minha mãe, que descanse em paz. Mesmo nos dias de maior intempérie, como este por exemplo, ela, alta e gorda, com os seios pesados como sacos cheios de uvas, usava decote. No ângulo inferior do decote, no ponto onde os seios começavam a estufar, levava sempre um lenço minúsculo, e durante uma conversa ou bebendo seu garrafão de vinho, ou enquanto preparava as *sopaipillas* mais deliciosas do mundo, tirava seu lencinho e enxugava o suor quase imperceptível que sempre lhe brotava da testa, do nariz, e principalmente do decote. Diziam que a Japonesa Grande havia morrido de algum problema no fígado, de tanto beber vinho. Mas não era verdade. Ela não bebia tanto assim. Minha mãe morreu de tristeza. De tristeza porque a Estação El Olivo estava declinando, porque já não era o que havia sido. Tanto que falara da eletrificação com *don* Alejo. E nada. Depois andaram dizendo que a estrada pavimentada, a longitudinal, ia passar por dentro de El Olivo, de modo que o povoado ficaria importante. Enquanto alimentou essa esperança, minha mãezinha floresceu. Mas depois lhe contaram a verdade, *don* Alejo se não me engano, o traçado da estrada passava a dois quilômetros do povoado, e aí ela começou a desanimar. A rodovia longitudinal é prateada, reta como uma faca: com um só talho cortou a vida da estação El Olivo, aninhada num meandro amável da estrada antiga. Os fretes já não eram despachados por trem como antes, mas por caminhão, pela rodovia. Agora o trem só passava duas vezes por semana. Restava somente um punhado de moradores. No fim da vida, a Japonesa Grande recordava que em outros tempos a missa do meio-dia no verão atraía as charretes e as carruagens mais vistosas da região, e que a juventude elegante das granjas próximas se reunia ao entardecer, em cavalos de primeira, à porta do correio para reclamar a correspondência trazida pelo trem. Os rapazes, tão comedidos durante o dia como acompanhantes das irmãs, primas ou namoradas, à noite se soltavam no estabelecimento da Japonesa, que nunca fechava. Depois veio a época em que só apareciam os operários da estrada longitudinal, que faziam a pé os dois quilômetros até seu estabelecimento, e depois nem mesmo eles, só os operários usuais da comarca, os arrendatários, os peões, os forasteiros que chegavam para a vindima. Outro tipo de gente. E mais tarde nem eles. Agora o trajeto até Talca tinha ficado tão curto que o domingo era o dia de menor movimento – chegava-se à cidade num abrir e fechar de olhos e já não era possível nem pensar competir com estabelecimentos como o da Pecho de Palo. Nem mesmo eletricidade, dizia, nem mesmo isso, eu a ouvia queixar-se o tempo todo, de tantas coisas, da fogueira no estômago, queixar-se monotonamente, suavemente, no fim, estendida na cama, inchada, com olheiras. Mas não, nunca, nada, mesmo *don* Alejo lhe dizendo que esperasse, até que um belo dia não conseguiu mais aguentar e começou a morrer. E quando morreu nós a enterramos no cemitério de San Alfonso porque em El Olivo nem cemitério há. El Olivo não passa de um amontoado de casas em ruínas cercadas pela geometria dos vinhedos que dão a impressão de que estão a ponto de engolir o povoado. E ele, por que ri desse jeito? Que direito tem de não sentir o frio que me trinca os ossos?

– Papai!

Chamou-o da porta da cozinha. Manuela veio para o batente iluminado da porta de Lucy. Magro e baixo, em pé ali na porta com os quadris graciosamente quebrados e com a escuridão rabiscando-lhe o rosto, parecia um adolescente. Mas ela conhecia aquele corpo. Não fornecia calor. Não esquentava os lençóis. Não era o corpo de sua mãe: aquele calor quase material em que ela entrava como se fosse uma caldeira, envolvendo-se com ele, e que secava sua roupa mofada e seus ossos e tudo...

– Que foi?

– Venha cá.

– O que você quer?

– Venha cá, ora.

– Estou ocupada com a Lucy.

– Não estou lhe dizendo que preciso do senhor?

Manuela, cobrindo a cabeça com o vestido de espanhola, atravessou como pôde o lago do quintal, chapinhando entre as folhas flutuantes que haviam se desprendido da videira silvestre. A Japonesita estava novamente sentada ao lado do fogo que se extinguia.

– Tão escuro, menina. Parece velório.

A Japonesita não respondeu.

– Vou jogar outra acha de lenha no fogo.

Não esperou que a chama subisse.

– Acendo uma vela?

Para quê? Ela era capaz de passar tardes inteiras, dias inteiros no escuro, como agora, sem desejar a luz, almejando, isso sim, um pouco de calor.

– Está bem.

Manuela acendeu e, depois de deixar a vela em cima da mesa ao lado das batatas, pôs os óculos e sentou-se perto da luz para costurar. Lucy apagara a sua. Ia dormir até a hora do jantar. Assim era fácil matar o tempo. Eram cinco horas. Faltavam três para o jantar. Três horas e já estaria escuro. Três horas para o início da noite e do trabalho.

– Aposto que esta noite não vem ninguém.

Manuela se ergueu. Segurou o vestido diante do corpo, o decote com o queixo, a cintura com as mãos.

– Que tal?

– Bom.

A chuva parou. No galinheiro, ouviram o peru de Lucy estufando: pagamento de um apaixonado que não achou outra maneira de lhe pagar. O vestido ficou perfeito.

– Aposto que esta noite não vem ninguém.

Desta vez foi Manuela quem falou. A Japonesita ergueu a cabeça como se alguém tivesse acionado uma mola em seu corpo.

– O senhor sabe que o Pancho Vega vem.

Manuela espetou um dedo com a agulha e o chupou.

– Eu sei? Que o Pancho Vega vem?

– Claro. Se não soubesse, para que ia consertar o vestido?

– Mas se ele não está no povoado...

– O senhor me disse que ontem à noite ouviu a buzina...

– É, mas eu não...

– O senhor sabe que ele vem.

Inútil negar. A filha tem razão. Pancho vem esta noite, mesmo com chuvas e trovoadas. Segurou seu vestido, o percal velhíssimo amornado pelo fogo. O dia inteiro gramando na agulha, aprontando-o, preparando-se. Vamos ver se ele é mesmo macho como diz que é. Ele me paga. Se hoje à noite acontecer alguma coisa, o povoado inteiro vai saber, o povoado inteirinho, vamos ver se ele gosta de dizer as coisas que diz sobre as coitadas das loucas, até as pedras vão ficar sabendo. Manuela largou o vestido, pôs a vela em cima da mesa do lavatório, embaixo do pedaço de espelho. Começou a se pentear. Cabelo tão ralo. Só quatro mechas neste meu coco. Não consigo fazer um penteado. Tempos idos.

– Ouça...

A Japonesita ergueu a cabeça.

– Que é?

– Venha cá.

Sentou-se numa cadeira de vime na frente do espelho. Manuela pegou o cabelo sem viço, franziu os olhos para examiná-lo, você tem que fazer um esforço para ser bonita, e começou a eriçá-lo – de que adianta ser mulher se você não tem vaidade, os homens gostam, bobinha, é para isso que eles vêm aqui, para esquecer os espantalhos com quem são casados, e com o cabelo assim, está vendo, é assim que se usa, assim fica bonito, um pouco caído na testa e o resto alto como uma colmeia é o nome, e Manuela eriça o cabelo e elas usam uma fita aqui, você não tem uma fita bonita, acho que tenho uma guardada na maleta, se você quiser empresto, vou pôr aqui, está vendo... No verão uma das netas de *don* Alejo estava usando uma assim, olhe como fica bem esse repartido em você, não seja boba, aproveite... está vendo, assim...

A Japonesita cedeu sem discutir. É. Claro que ele vinha. Sabe disso tão bem quanto Manuela. No ano passado, quando ele tentou abusar dela, sentiu seu hálito avinagrado na têmpora, no nariz. Com as mãos de seu pai roçando-lhe o rosto de vez em quando, a lembrança oprimiu o peito da Japonesita. Ele a agarrara com suas mãos ásperas como tijolo, o polegar quadrado, de unha roída, manchado de óleo, largo, chato, afundado em seu braço, provocando dor, um roxo que durou mais de um mês...

– Papai...

Manuela não respondeu.

– O que a gente faz se ele vier?

Manuela largou o pente. Diante do espelho, o cabelo da Japonesita ficou eriçado como o de um bosquímano.

– Se o Pancho aparecer, o senhor tem que me defender.

Manuela jogou os grampos no chão. Já estava bom. Por que ela continuava se fazendo de boba? Então queria que ela, Manuela, enfrentasse um sujeito parrudo como o Pancho Vega? Ela que entendesse de uma vez por todas e que parasse de viver no mundo da lua... Você sabe muito bem que eu sou uma bicha louca, nunca ninguém tentou esconder isso de você. E você me pedindo para protegê-la: o que vai acontecer é que eu vou sair correndo feito uma galinha para me esconder assim que o Pancho chegar. Não é culpa dele, ser pai dela. Não foi ele que fez a famosa aposta, não queria se meter naquela história. Fazer o quê. Você sabe que depois da morte da Japonesa Grande eu lhe pedi milhares de vezes que me desse a minha parte para eu ir embora daqui, sei lá para onde, sempre há de haver por aí algum puteiro onde eu possa trabalhar... mas você nunca concordou. Nem eu. Tudo culpa da Japonesa Grande, que o convencera – que eles iam ficar ricos com o estabelecimento, que a menininha não era um problema, e enquanto a Japonesa Grande viveu era verdade que ela não era um problema, porque Manuela gostava de tomar conta dela... mas fazia quatro anos que a Japonesa Grande tinha sido enterrada no cemitério de San Alfonso porque esta porcaria deste povoado nem cemitério direito tem, e eu também vou ser enterrada lá, e enquanto isso Manuela vai ficando por aqui. Nem assoalho a cozinha tem: barro. De modo que por que razão a Japonesita vinha irritá-la? Se estava querendo que a defendessem, que se casasse ou arrumasse um homem. Ele... bom, já não servia nem para dançar. No ano passado, depois daquela história do Pancho, sua filha gritara com ele, dissera que sentia vergonha de ser filha de um maricas como ele. Que óbvio que gostaria de ir morar em outro lugar e trabalhar com outra coisa. Mas que não ia porque a Estação El Olivo era pequena daquele jeito e todo mundo os conhecia e ninguém estranhava porque todo mundo estava acostumado. Nem as crianças perguntavam, porque já nasciam sabendo. A gente não precisa explicar, dissera a Japonesita, e um dia desses o povoado acaba e eu e o senhor acabamos junto com este povoado de merda que não pergunta nem estranha nada. Quem sabe uma lojinha em Talca. Não. Nem restaurante nem tabacaria nem lavanderia nem depósito de mercadorias, nada. Aqui em El Olivo, escondidos... Está bem, está bem, menininha de merda, então pare de me chamar de papai. Porque quando a Japonesita o chamava de papai, seu vestido de espanhola estendido em cima da pia ficava mais velho, o percal gasto, o vermelho desbotado, os franzidos apareciam, horrível, ineficaz, e a noite escura e fria e longa estendendo-se por sobre os parreirais, apertando e vencendo aquela faiscazinha que fora possível fabricar no despovoado, não me chame de papai, menininha idiota. Me chame de Manuela como todo mundo. Defender você! Era só o que me faltava. E a mim, quem é que vai defender? Não, um dia desses agarro meus trastes e me mando para um povoado grande como Talca. Tenho certeza de que a Pecho de Palo me dá trabalho. Mas quantas vezes já dissera isso, e estava com sessenta anos. Continuou eriçando o cabelo da filha.

– Defender você para quê? Vá para a cama com ele, não seja burra. É ótimo. O homem mais macho das redondezas, e tem caminhão e tudo, e poderia nos levar para passear. E já que algum dia você vai ter que ser puta, então...

...ele que a pegasse à força. Naquela noite, finalmente, nem que corresse sangue. Pancho Vega ou outro qualquer, isso ela sabia. Mas hoje Pancho. Fazia um ano que sonhava com ele. Sonhava que ele a fazia sofrer, que batia nela, que a violentava, mas naquela violência, debaixo dela ou dentro dela, encontrava alguma coisa com que enfrentar o frio do inverno. Aquele inverno, porque Pancho era cruel e brutal e torcera seu braço, fora o inverno menos frio desde a morte da Japonesa Grande. E os dedos de Manuela tocando sua cabeça, apalpando sua têmpora perto da orelha para falsificar a coqueteria do cabelo eriçado, também não eram tão frios... Era um menino, a Manuela. Podia odiá-lo, como agora há pouco. E não odiá-lo. Um menino, um pássaro. Qualquer coisa, menos um homem. Ele próprio dizia que era muito mulher. Mas nem isso era verdade. Enfim, ele tem razão. Se vou ser puta, melhor começar com o Pancho.

Manuela acabou de ajeitar o cabelo da Japonesita no formato de uma colmeia. Mulher. Era mulher. Ela ia ficar com Pancho. Ele era homem. E velho. Um veado pobre e velho. Uma bicha que adorava festas e vinho e roupas e homens. Era fácil esquecer essas coisas aqui, protegido no povoado – é, ela tem razão, melhor ficar por aqui. Mas de repente a Japonesita lhe dizia aquela palavra e sua própria imagem ficava borrada como se uma gota de água tivesse caído em cima dela, dele, eu mesma não sei, e então se perdia de vista, ele não sabe nem vê Manuela e não ficava nada, aquela dor, aquela incapacidade, nada mais, aquele grande borrão de água em que naufraga.

Ao dar os últimos retoques no penteado, Manuela sentiu através do cabelo que sua filha estava amornando. Como se de fato tivesse lhe entregado a cabeça para que a embelezasse. Aquela ajuda ela podia e queria dar. A Japonesita estava sorrindo.

– Acenda outra vela para que eu me veja melhor...

Acendeu a vela e posicionou do outro lado do espelho. A Japonesita, com os dedos, tocou de leve sua própria imagem no pedaço de vidro. Virou-se:

– Estou bem?

É, se Pancho Vega não fosse tão bruto ela se apaixonaria por ele e seria sua amante por algum tempo até que ele a abandonasse para ficar com outra, porque assim são os homens, brutos, e depois eu seria outra. Quem sabe menos sovina, imaginou Manuela, tão agarrada com meu dinheiro, que ao fim e ao cabo ganho com tanto trabalho. E eu talvez não sinta tanto frio. Um pouco de dor ou de amargura quando o bruto do Pancho partisse, mas que diferença fazia, nenhuma, se ela, e também ela, ficasse mais clara.

Era uma dessas noites em que Manuela teria preferido ir se deitar, dobrar o vestido, tomar um comprimido e depois pronto, outro dia. Não ver ninguém hoje porque todo o seu calor parecia ter se transvasado para a Japonesita, deixando-a, a ela, Manuela, sem nada. Lá fora, as nuvens se perseguiam no céu imenso que começava a clarear, e no quintal, na artesa, no galinheiro, na latrina, todos os objetos, até o mais insignificante, adquiriram volume, lançando sombras precisas sobre a água que já se evaporava sob o céu rosado. Talvez, afinal de contas, Pancho não aparecesse... talvez tudo não passasse de uma brincadeira de *don* Alejo, que tinha o costume de fazer brincadeiras. Talvez para completar nem *don* Alejo aparecesse, com aquele frio – ele mesmo havia dito que estava doente e que os médicos o perturbavam com exames e dietas e regimes. Tocou seu vestido desmaiado sobre a sujeira das batatas e no silêncio ouviu o ronco de Lucy do outro lado do quintal. Viu o próprio rosto no espelho, por cima do rosto da filha, que se olhava extática – as velas, uma de cada lado, pareciam círios de velório. Seu próprio velório teria a mesma quantidade de luz no mesmo salão onde, quando o calor da festa fundia a dureza das coisas, ela dançava. Ficaria eternamente na Estação El Olivo. Morrer aqui, muito, muito antes que morresse aquela sua filha que não sabia dançar mas que era jovem e era mulher, e cuja esperança ao olhar-se no espelho quebrado não era uma mentira grotesca.

– Estou bem mesmo?

– Para uma pessoa feia como você... mais ou menos...

V

Puseram uma jarra de vinho, do melhor, na frente dele, mas ele nem provou. Enquanto ele falava, a Japonesita tirou um dos grampos que prendiam seu penteado e coçou a cabeça com ele. Os cachorros ficaram esparramados no barro da calçada, rosnando de vez em quando junto à porta ou dando-lhe um arranhão que por pouco não a derruba.

– Negus, quieto... Moro...

Manuela também sentou-se à mesa. Serviu-se de vinho, daquele que a filha reservava para as grandes ocasiões e que nunca lhe oferecia. Cloty, Lucy, Elvira e uma outra puta tomavam mate num canto, onde não eram atingidas pelo vento que entrava pelas frestas das portas e do teto. Ceve mais um mate para mim. Esta noite não vai aparecer ninguém. Bocejavam. Com certeza ela vai fechar assim que o senhor for embora e aí poderemos ir para a cama. Elvira, troque o disco, ponha "Bésame mucho", ah, não, outra coisa melhor, uma coisa mais alegre. Elvira deu corda na vitrola em cima do balcão, mas antes de pôr outro disco começou a limpar o aparelho com um pano, organizando a pilha de discos ao lado.

As notícias trazidas por *don* Alejo Cruz eram ruins: o povoado não seria eletrificado. Sabe lá até quando. Vai ver nunca. O intendente dizia que não tinha tempo para se preocupar com uma coisa tão insignificante, que o destino da Estação El Olivo era desaparecer. A influência de *don* Alejo somada à de todos os Cruz não fora suficiente para convencer o intendente. Quem sabe daqui a uns dois anos, mas sem a menor garantia. Que àquela altura ele voltasse a lhe falar no assunto para ver se as coisas estavam mais calmas. Equivalia a um rotundo não. E *don* Alejo comunicou-o assim, claramente, à Japonesita. Procurou convencê-la de que era lógico que o intendente pensasse assim, forneceu razões e explicações, embora a Japonesita não tivesse dito nem uma sílaba de protesto – e então, pois é, menina, restam tão poucos tanoeiros, acho que dois, e muito velhos, e o resto das pessoas, entende, é tão pouca gente, e tão pobre, e o trem já nem para mais aqui, só nas segundas-feiras, para você embarcar pela manhã e voltar à tarde quando vai a Talca. Até o depósito de vinho na estação está se desmanchando, e faz tanto tempo que não o utilizo que nem cheiro de vinho ele tem mais...

– Imagine que até a Ludo me disse hoje de manhã, quando fui lá pedir linha vermelha, naquela hora que encontrei o senhor, *don* Alejandro, que estava pensando em se mudar para Talca. Claro, o Acevedo está lá num jazigo perpétuo, e com missas diárias e uma irmã que ela tem...

– A Ludo? Não sabia. Estranho, Blanca não me disse nada, e fui visitá-la há pouco tempo. Como vai a Ludo? A casa é dela...?

– Claro, o Acevedo comprou quando...

Nisso Manuela se lembrou de que Ludo lhe dissera que *don* Alejo queria comprar a casa, de modo que ele sabia muito bem a quem a casa pertencia. Olhou para ele, mas quando seus olhos encontraram os do senador desviou-os e, olhando para as putas, fez sinal para que aproximassem o braseiro. Lucy posicionou-o entre a Japonesita e *don* Alejo e tornou a oferecer vinho ao visitante.

– Não faça pouco, *don* Alejo. É da safra que o senhor gosta. Nem o senhor tem ainda...

– Não, obrigado, filha. Já vou indo. Está ficando tarde.

Pegou o chapéu, mas antes de se levantar ficou mais um pouco e cobriu com a manzorra a mão da Japonesita, que deixou o grampo cair numa poça de vinho sobre a mesa.

– Mude-se para lá também. Por que fica?

Manuela se animou com o assunto.

– É o que eu sempre digo, *don* Alejo. Ficar aqui por quê?

As putas pararam de murmurar no canto e olharam para a Japonesita como quem espera uma sentença. Ela se envolveu no xale cor-de-rosa, fazendo um movimento de negação com a cabeça, muito lento, muito definitivo, que Manuela conhecia.

– Não seja boba. Mude-se para Talca e abra um comércio com Manuela. Dinheirinho no banco você tem de sobra. Eu sei porque no outro dia andei perguntando ao gerente, que é meu primo, qual era a situação da sua conta, e quisera eu... foi o que ele me disse, muitas propriedades e muitas dívidas, mas a Japonesita está com tudo sob controle. Compre um restaurante, por exemplo. Se for preciso eu peço um empréstimo para você no banco e fico como avalista. Você recebe o dinheiro em dois dias, negócio entre amigos, entre pessoas que se conhecem. Se anime, mulher, veja bem, isto não é vida. Não é verdade, Manuela?

– Isso mesmo, *don* Alejo, me ajude a convencer a Japonesita...

– Por que o senhor pergunta para ele, que só pensa em andar farreando por aí?

– O dinheiro é dos dois, em partes iguais, que eu saiba. De acordo com as determinações da Japonesa Grande, não é mesmo?

– É. Teríamos que vender a casa...

Don Alejo esperou só um momento.

– Eu compro...

De olhos baixos, ele observava o grampo que boiava na mancha de vinho. E no dorso da mão bondosa que cobria a mão da Japonesita brilhavam pelinhos dourados. Mas ela, Manuela, era tinhosa, e ele não ia enganá-la. Conhecia-o havia tempo demais para não perceber que alguma ele andava tramando. Ela sempre quisera apanhá-lo num daqueles negócios duvidosos de que o acusavam seus inimigos políticos. Claro, quando ele fora eleito deputado, mais ou menos vinte anos antes, fora muita venda de locais baratos para os eleitores, com prazos longos, aqui na Estação, que isto aqui vai para a frente, que tem muito futuro, que isso e mais aquilo, e as pessoas começaram a pintar as casas e a melhorá-las, porque, claro, tudo vai subir de preço por aqui... e, claro, nada de esgoto, e somente duas ruas mais, pura terra aplanada. O que ele está querendo fazer conosco agora? Não basta o que já fez? O que terá enfiado na cabeça, agora que quer comprar as poucas casas do povoado que não são dele? Ele que não viesse passar a conversa nela, Manuela. Naquela tarde *don* Alejo não viera trazer-lhes a má notícia da eletricidade, mas propor-lhes a compra da casa. Com os anos, o velho estava ficando transparente. Seus olhos azuis chisparam com a questão da casa da Ludo. E agora aquela casa... queria tirar-lhes aquela casa, que era da Japonesita e dela. Claro que ela não estava nem aí, *don* Alejo podia passar a perna em todo mundo, se fosse para morar em Talca, podiam até perder dinheiro que ela não se incomodava!

– Você não gosta deste negócio, jamais gostou do jeito que sua mãe gostava. Se quiser, amanhã mesmo arrumo o dinheiro e podemos preparar a escritura da venda no cartório, caso você resolva vender. Anime a Japonesita, Manuela. E posso ajudar você a encontrar um lugar conveniente, bom, muito bom, lá em Talca. Você vai tomar o trem para lá amanhã de manhã?

– Vou. Preciso depositar.

– Então...

Ela não respondeu.

– Vou passar pelo banco lá pelo meio-dia...

Agora *don* Alejo se levantou: a amêndoa de luz de carbureto no bico da lamparina se agitou com o movimento da manta. Os cachorros começaram a se agitar do lado de fora, farejando o ar do salão pela frincha da porta como se quisessem bebê-lo. Manuela e a Japonesita acompanharam-no até a porta. Ele agarrou o trinco. Com a outra mão pôs o chapéu na cabeça e apagou o rosto. Ficou alguns instantes assim, dizendo-lhes coisas, repetindo-lhes que pensassem no assunto, que se quisessem poderiam continuar discutindo o negócio num outro dia, que ele estava à disposição delas, que elas sabiam do afeto que ele sentia por elas, afeto da vida inteira, que se quisessem podiam mandar avaliar a casa, ele conhecia um especialista de confiança e estava disposto a arcar com o custo da avaliação...

Quando finalmente abriu a porta e o ar entrou com a lufada de estrelas e depois tornou a fechá-la, a *jukebox* se estilhaçou por trás dos olhos franzidos da Japonesita. Ela e o povoado inteiro foram engolidos pela escuridão. Não havia problema, podia vir tudo abaixo, que diferença fazia, desde que ela não precisasse sair dali nem se mudar. Não. Ficaria aqui cercada por essa escuridão onde nada podia acontecer além de uma morte imperceptível, cercada pelas coisas de sempre. Não. A eletricidade e a *jukebox* não haviam passado de miragens que durante um instante, felizmente muito curto, a induziram a acreditar que era possível outra coisa. Agora não. Não restava nem uma esperança que pudesse doer-lhe, eliminando também o medo. Tudo ia continuar assim como agora, como antes, como sempre.

Voltou para a mesa e se instalou na cadeira aquecida pela manta de *don* Alejo. Inclinou-se sobre o braseiro.

– Tranque a porta, Cloty...

Manuela, que avançava na direção da vitrola, estacou e virou-se bruscamente.

– Vamos fechar?

– Vamos. Não vem mais ninguém.

– Mas não vai mais chover.

– As estradas devem estar embarradas.

– Mas...

– ...e vai gear.

Manuela foi se sentar do outro lado do braseiro e também se inclinou sobre ele. Cloty pôs "Flores negras" na vitrola e o disco começou a guinchar. As outras putas desapareceram.

– Por que a gente não atende *don* Alejo?

Falou porque de repente viu com clareza que *don* Alejo, assim como havia criado aquele vilarejo, agora tinha outros objetivos, e para levá-los a cabo precisava eliminar a Estação El Olivo. Demoliria todas as casas, apagaria as ruas ásperas de barro e estrume, tornaria a juntar os adobes dos paredões à terra de onde eles haviam surgido e araria aquela terra, tudo para algum propósito incompreensível. Estava vendo. Com a maior clareza. A eletricidade teria sido uma salvação. Agora...

– Vamos embora daqui, filha.

A Japonesita começou a falar sem olhar para Manuela, esquadrinhando os carvões esbranquiçados. No início parecia estar apenas cantarolando ou rezando, mas depois Manuela se deu conta de que estava falando com ele.

– Tire o disco, Cloty, que não estou escutando.

– Vai precisar de mim?

– Não.

– Então boa noite.

– Boa noite. Depois eu fecho.

Ficaram a sós no salão, junto do braseiro.

– ...que tudo continue igual. O que nós duas vamos fazer num povoado grande? Para todo mundo rir... lá ninguém nos conhece, e morar em outra casa. Aqui sempre vai haver algum *huaso* tesudo ou com vontade de tomar um porre. A gente não morre de fome nem de vergonha. Nas segundas-feiras, quando vou a Talca, vou cedo para a estação esperar o trem de volta para que as pessoas não fiquem olhando para mim – às vezes espero mais de uma, duas horas, e a estação quase vazia...

Quando a Japonesita começava a falar desse jeito, Manuela tinha vontade de uivar, porque era como se sua filha o estivesse afogando com palavras, cercando-o lentamente com sua voz uniforme, com aquela cantilena. Maldito povoado! Maldita menininha! Como pudera imaginar que só porque a Japonesa Grande o tornara proprietário e sócio da casa na famosa aposta que graças a ele ela ganhara de *don* Alejo, as coisas iam mudar e sua vida ia melhorar. Claro que naquele tempo as coisas eram melhores. Até as lamparinas iluminavam mais, não como agora, que as chuvas estavam começando e ai, minha alma, aí vinham quatro meses em que eu me sentiria feia e velha, eu que podia ter sido rainha. E agora que *don* Alejo estava oferecendo ajuda para que elas tivessem condições de se mudar para Talca tranquilas da vida e abrissem algum comércio, de tecidos, era o que ela preferia, entendia mesmo era de roupa, mas não, a menina começava a falar e não parava mais, assim, devagarinho, erguendo uma muralha em torno de Manuela. A Japonesita girou o parafuso para extinguir a luz da lamparina.

– Pare com isso.

Ela parou por um instante, mas pouco depois tornou a mexer no parafuso da lâmpada.

– Pare com isso, estou falando, que merda...

A Japonesita estremeceu com o grito de Manuela, mas continuou baixando a luz, como se não tivesse escutado. Eu não existo nem que grite. Até que um belo dia ela, que poderia ter sido a rainha dos puteiros de Chanco a Constitución, de Villa Alegre a San Clemente, rainha dos puteiros de toda a província, esticasse as canelas e a morte se apresentasse a fim de levá-la para sempre. Quando esse momento chegasse, não haveria mutreta capaz de convencer a droga da velha a deixá-la ficar um pouco mais, para quê você quer ficar, Manuela, pelo amor de Deus, vamos para lá que do lado de lá o negócio vai muito melhor, e a enterrariam numa gaveta no cemitério de San Alfonso embaixo de uma pedra dizendo "Manuel González Astica", e então, durante algum tempo, a Japonesita e as meninas aqui da casa lhe levariam flores, mas depois com certeza a Japonesita iria para algum outro lugar, e claro, Ludo também morreria, e fim das flores, e ninguém mais em toda a região, a não ser um ou outro velho encatarrado, se lembraria de que naquele lugar jazia a grande Manuela.

Foi até a vitrola para pôr outro disco.

Flores negras
del destino
de mi soledad
tu alma me dirá
te quierooooooooooo...[8]

Manuela parou o disco. Pôs a mão em cima do círculo preto. A Japonesita também se erguera. No meio da noite, lá longe, na estrada que ia da rodovia longitudinal até o povoado, ergueu-se uma buzinada quente como uma chama, insistente, rubra, que vinha se aproximando. Uma buzina. Outra vez. Para se fazer de engraçadinho, o imbecil, acordando todo mundo àquela hora. Ia entrando no povoado. O caminhão de pneus duplos nos eixos traseiros. Buzinando o tempo todo, agora na frente da capela, sim, sim, buzinando e buzinando porque com certeza o animal está bêbado. Manuela, com os escombros do rosto refeitos, sorria.

– Apague a lamparina, boba.

Antes que ela apagasse, Manuela chegou a ver que no rosto da filha havia um sorriso – boba, não sente medo de

8 *Flores negras / do destino / de minha solidão / tua alma me dirá / te amo...* [N.T.]

Pancho, com toda a certeza quer que ele venha, espera por ele, está com vontade, a boba, e a gente também esperando, velha estúpida... mas era importante que Pancho pensasse que não havia ninguém. Que não entrasse, que pensasse que estava todo mundo dormindo. Que soubesse que elas não estavam à espera dele e que ele não poderia entrar nem que quisesse.

– Está vindo para cá.

– O que a gente vai fazer...

– Não se mova.

A buzina se aproxima através da noite e chega nítida, como se em toda a planície estriada de parreirais não houvesse nada que se interpusesse. Manuela se aproximou da porta no escuro. Tirou a tranca. Àquela hora, sem-vergonha, acordando o povoado inteiro! Ficou ao lado da porta enquanto a buzina chamava, acordava cada músculo, cada nervo, e os deixava vivos e pendentes, prontos para receber ferimentos ou choques – aquela buzina não parava. Agora estava chegando, sim, na frente da casa... os ouvidos doíam e a Japonesita fechou os olhos e tapou os ouvidos. Mas, tal como Manuela, sorria.

– Pancho...

– O que a gente vai fazer?

VI

As mulheres do povoado combinaram que não iam reclamar por serem obrigadas a não sair de casa naquela noite, sabendo perfeitamente que todos os homens iam ao estabelecimento da Japonesa. A esposa do chefe da estação, a do sargento dos carabineiros, a do professor, a do encarregado dos Correios, todas sabiam que eles iam comemorar a vitória de *don* Alejandro Cruz e sabiam onde e como iam comemorar. Mas visto que se tratava de uma festa em homenagem ao senhor e porque tudo o que se relacionasse com o senhor era bom, dessa vez não disseram nada.

Naquela manhã tinham visto desembarcar do trem de Talca as três irmãs Farías, gordas como tonéis, atarracadas, com os vestidos de seda floreada apertando suas banhas como braçadeiras, transpirando pelo incômodo de terem de carregar os violões e a harpa. Também desembarcaram duas mulheres mais jovens e um homem, se é que era um homem. Elas, as senhoras do povoado, observando a certa distância, discutiam o que ele poderia ser: magro feito um varapau, cabelo comprido e olhos quase tão maquiados quanto os das irmãs Farías. Em pé perto da plataforma de embarque e desembarque, tricotando para não desperdiçar tempo e cercadas de crianças a quem de vez em quando tinham de chamar aos gritos para que não se aproximassem dos forasteiros para mendigar, tiveram assunto para um bom tempo.

– Deve ser o maricas do piano.

– Mas a Japonesa não tem piano.

– É verdade.

– Falaram que ela ia comprar.

– É artista, olhe só a maleta dele.

– É maricas, isso sim...

E as crianças foram atrás deles pelo pó da rua até a casa da Japonesa.

As senhoras, de volta a suas casas para almoçar, encarregaram os maridos de gravar bem na memória todos os detalhes do que acontecesse naquela noite na casa da Japonesa e que, se possível, se houvesse alguma guloseima interessante, quando ninguém estivesse olhando pusessem um pouco no bolso para elas, que afinal iam ficar sozinhas em casa entediando-se, enquanto eles faziam sabe lá o quê na festa. Claro que hoje não tinha importância se eles se embriagassem. Dessa vez a causa era boa. Que ficassem por perto de *don* Alejandro, o importante era isso, que *don* Alejandro os visse na sua comemoração, que de passagem e como quem não quer nada lembrassem-no da questão do terreninho e daquela partida de vinho que ele prometera vender-lhes com desconto, isso, que cantassem juntos, que dançassem, que aprontassem todas, hoje não tinha importância, desde que aprontassem junto com o senhor.

O povoado passou meses coberto de cartazes com o retrato de *don* Alejandro Cruz, alguns verdes, outros sépia, outros azuis. As crianças descalças corriam por toda parte espalhando panfletos ou entregando-os repetida e desnecessariamente a quem passasse, enquanto os menores, que não haviam sido encarregados de distribuir propaganda política, recolhiam-nos do chão para fazer barquinhos de papel ou queimá-los, ou então ficavam sentados nas esquinas contando-os para ver quem possuía mais. A Secretaria funcionava no galpão do correio, e noite após noite os cidadãos da Estação El Olivo reuniam-se ali para alimentar sua fé em *don* Alejo e organizar encontros e excursões pelos campos e povoados próximos para propagar aquela fé. Mas o verdadeiro centro da campanha era o estabelecimento da Japonesa. Era lá que os cabeças se reuniam, era de lá que saíam as ordens, os projetos, as instruções. Agora no estabelecimento da Japonesa só entravam os partidários de *don* Alejo, e as mulheres, adormecidas pelos cantos sem nada para fazer, ouviam as vozes que incansavelmente planejavam nas mesas do salão, em torno do vinho e da Japonesa. No decorrer do último mês, principalmente, quando a proximidade do triunfo atiçou a verve da patroa, fazendo-a esquecer tudo que não fosse sua paixão política, a Japonesa, generosa, distribuía seu vinho a todo visitante cuja posição fosse vacilante ou ambígua, e no curso de algumas horas deixava-a firme como um peral ou afiada como uma faca.

As eleições haviam sido dez dias antes, mas só agora *don* Alejo voltava ao povoado. O salão e o pátio da Japonesa estavam cobertos de fotografias do novo deputado. Os convites atraíram o que havia de mais seleto na comarca, desde moradores escolhidos de El Olivo até administradores, capatazes e técnicos vinhateiros das granjas próximas. E a Japonesa encarregara sua amiga Pecho de Palo de lhe mandar de Talca duas putas de reforço, juntamente com as irmãs Farías, para que não faltasse música, e Manuela, aquele veado divertido que fazia alguns números de dança.

– Vou gastar todo o meu dinheiro, mas algum prazer eu preciso me dar, e que tudo isso sirva para que El Olivo tenha o futuro que nos promete o recém-eleito deputado *don* Alejandro Cruz, aqui presente, orgulho da Zona...

Claro que a Japonesa se dava muitos prazeres. Já não era tão jovem, é verdade, e nos últimos anos engordara tanto que o acúmulo de gordura nas bochechas lhe estirava a boca numa careta perpétua que parecia – e quase sempre era – um sorriso. Seus olhos míopes, que motivaram seu apelido, não passavam de duas ranhuras oblíquas sob as sobrancelhas desenhadas muito no alto. Na mocidade tivera seus amores com *don* Alejo. Diziam que ele é que a trouxera para aquele estabelecimento quando a dona era outra, morta havia muitos anos. Mas seus amores eram coisa do passado, uma lenda na qual se enraizava a realidade atual de uma amizade que os unia como a dois conspiradores. *Don* Alejo costumava passar longas temporadas de trabalho na granja, só indo à cidade depois da vindima; também ficava na época da poda e da desinfecção, muitas vezes sem a esposa e sem a família, o que o entediava. Então, à noite, depois do jantar, dava suas escapadinhas até a Estação para beber uns tragos e rir um pouco na companhia da Japonesa Grande. Nesses períodos ela se encarregava de ter uma mulher especial para *don* Alejo, uma em quem só ele punha a mão e mais ninguém. Era generoso. A casa ocupada pela Japonesa era uma antiquíssima propriedade dos Cruz, que ele lhe cedia em troca de um pagamento anual insignificante. E todas as noites, tanto no inverno como no verão, os homens das granjas das cercanias, os administradores e os vinhateiros e os mestres mecânicos e às vezes até os patrões menos orgulhosos e os filhos dos patrões, que era preciso expulsar quando os pais apareciam, costumavam ir ao estabelecimento da Japonesa na Estação El Olivo. Não tanto para ir para a cama com as mulheres, embora sempre houvesse mulheres jovens e frescas; era mais para se distraírem um pouco conversando com a Japonesa ou tomando um vinho, ou jogando uma partida de monte ou de bisca num ambiente alegre mas seguro, porque a Japonesa não abria as portas de sua casa a qualquer um. Sempre gente fina. Sempre gente de bolso recheado. Por isso ela pertencia ao partido político de *don* Alejo, o partido histórico, tradicional, da ordem, o partido das pessoas decentes que pagam suas dívidas e não se metem em confusão, aquelas pessoas que iam a sua casa divertir-se e cuja fé em que *don* Alejo faria grandes coisas pela região era tão inquebrantável quanto a da Japonesa.

– Tenho o direito de me dar meus prazeres.

O grande prazer de sua vida foi dar a festa daquela noite. Assim que Manuela chegou, a Japonesa se apossou dele. Achava que o dançarino de quem haviam lhe falado fosse mais jovem: aquele já andava pelos quarenta, que nem ela. Tanto melhor, porque os garotos jovens, quando os clientes se embriagavam, faziam concorrência para as mulheres: muita encrenca. Como Manuela chegara cedo pela manhã e não teria nada para fazer até tarde da noite, no começo ficou por ali olhando as coisas, até que a Japonesa lhe fez sinal para que se aproximasse.

– Me ajude a pôr estes galhos aqui no tablado.

Manuela se encarregou da decoração: tanto galho não, disse; as irmãs Farías são gordas demais, e com toda essa história de harpa e violão, mais os galhos, ninguém vai conseguir vê-las. É melhor pôr galhos só no alto, galhos de salgueiro amarrados com tiras de papel colorido, que caiam como uma chuva verde, e ao lado do tablado, também emoldurado por ramos frescos de salgueiro-chorão, o maior retrato de *don* Alejo que a gente conseguir. A Japonesa ficou feliz com o resultado. Manuela, me ajude a pendurar as guirlandas de papel, Manuela, qual é o melhor lugar para o poial onde vamos assar os leitões, Manuela, dê uma olhada na arrumação das saladas, Manuela isso, Manuela aquilo, Manuela aquilo outro. A tarde inteira, e a cada ordem ou pedido da Japonesa, Manuela sugeria alguma coisa que embelezava o local ou que fazia o tempero da carne ficar mais saboroso. Já tarde, a Japonesa deixou-se cair numa cadeira no meio do quintal, bastante embriagada, com os olhos franzidos para ver melhor, dando ordens aos gritos, mas tranquila porque Manuela fazia tudo tão bem.

– Manuela, trouxeram o morango para servir com o borgonha?

– Manuela, vamos pôr mais flores nessa decoração.

Manuela corria, obedecia, corrigia, sugeria.

– Estou me divertindo muito.

Bem que a Pecho de Palo lhe falara que a Japonesa era boa gente, mas não àquele ponto. Tão simples quanto ela, dona de estabelecimento e tudo. Quando a Japonesa foi para o quarto se vestir, Manuela foi junto para ajudar: pouco depois ela saiu muito elegante em seu vestido preto de seda com decote em V na frente e todo o cabelo reunido num coque discreto mas cheio de coqueteria. O vinho começou a correr assim que os primeiros convidados chegaram, enquanto o aroma dos leitões que começavam a ficar dourados, e do orégano e do alho requentado dos molhos, e das cebolas e pepinos que maceravam nos sumos das saladas se espalhavam pelo quintal e pelo salão.

Don Alejo chegou às oito, já bem tocado. Entre aplausos, abraçou e beijou a Japonesa, cujo rímel escorrera com a transpiração ou com as lágrimas emocionadas. Em seguida as irmãs Farías subiram ao tablado e a música e as danças tiveram início. Muitos homens tiraram o casaco e ficaram de suspensório. O floreado dos vestidos das mulheres escureceu nas axilas por causa do suor. As irmãs Farías pareciam inesgotáveis, como se depois de cada melodia alguém lhes desse corda outra vez, como se o calor e o cansaço não existissem.

– Tragam mais vinho...

Em pouco tempo a Japonesa e *don* Alejo haviam secado a primeira jarra de vinho e já pediam a segunda. Antes de começar a tomá-la, porém, o deputado tirou a dona da casa para dançar, enquanto os demais formavam uma roda em torno deles. Depois foram sentar-se outra vez. A Japonesa chamou Rosita, trazida especialmente de Talca para *don* Alejo.

– Está vendo, *don* Alejo? Olhe esta bunda, pegue, experimente, bem como o senhor gosta, maciazinha, puro carinho. Mandei vir para o senhor, sabia que o senhor ia gostar, conheço seus gostos muito bem... Calma, me deixe, já estou velha para essas coisas. Pois é, veja, a Rosita já não é tão jovem, sei que o senhor não se agrada de meninas muito meninas.

O deputado apalpou as nádegas oferecidas, depois fez Rosita sentar-se a seu lado e enfiou a mão por baixo de sua saia. O chefe da estação quis dançar com a Japonesa, mas ela lhe disse que não, que naquela noite só se dedicaria a atender seu convidado de honra. Ela mesma escolheu os cortes mais dourados do leitão, atenta para que *don* Alejo comesse bem até o momento em que saiu dançando com Rosita, os bigodes manchados de molho e orégano e o queixo e os dedos besuntados de gordura. Manuela se aproximou da Japonesa.

– E então...

– Sente-se...

– E *don* Alejo?

– Fique tranquilo. Ele não se incomoda.

– Está bem.

– Você se serviu de tudo?

– Estava ótimo. Mas bem que eu tomaria um copinho de vinho.

– Sirva-se deste aqui.

– A que horas vou dançar?

– Espere a festa esquentar um pouco.

– É melhor mesmo. No outro dia dancei em Constitución. Fui muito bem e fiquei para passar o fim de semana na praia. Você nunca vai a Constitución? É tão bonito, o rio e tudo, e há tantos mariscos deliciosos. A dona da casa onde me apresentei conhece você. O nome dela é Olga e diz que é meio gringa. Não é de estranhar, porque é toda sardenta por aqui, nos braços. Não, eu sou daqui mesmo, nasci numa granja perto de Maule, isso, exatamente ali, ah, de modo que você também andou por aqueles lados. Então... somos conterrâneas! Não. Fui para o povoado e depois comecei a trabalhar com uma garota, e a gente passava por todos os povoados do Sul, é, ela se dava bem, mas não fique imaginando que eu me dava tão mal assim, claro que na moita. Mas naquele tempo eu era jovem, agora não sou mais. Sei lá que fim ela levou, até num circo a gente trabalhou uma vez. Mas não deu certo, nem um pouco. Prefiro este trabalho de agora. Claro, a gente se cansa de tanto andar, tudo quanto é povoado é igual. Não, a Pecho de Palo está ficando muito espertinha. Mais de sessenta, muitíssimo mais, anda pelos setenta. Não reparou como ela está com as pernas cheias de varizes? Dizem que as pernas dela eram lindas. Eu trouxe o vestido na maleta. É. Muito bonito. Vermelho. Comprei de uma garota que trabalhava no circo. Ela tinha usado poucas vezes e, como estava precisando de dinheiro, me vendeu. Cuido dele como se fosse um osso de santo, porque é fino e, como sou muito escura, o vermelho me vai bem. Olhe... O quê?

– Espere.

– Quanto tempo mais?

– Uma hora, por aí.

– É para eu me trocar agora?

– Não. Melhor fazer surpresa.

– Está bem.

– Nossa, quanta pressa.

– Claro. É que eu adoro ser a rainha da festa.

Dois homens que haviam ouvido a conversa começaram a rir de Manuela, tentando apalpá-la para ver se tinha ou não tinha peitos. Mocinha linda... que será isso. Deixa eu pôr a mão, sai daqui bêbado escroto, não me venha com mãozinha não. Aí eles disseram que era o cúmulo trazerem veados como aquele, que ele era um nojo, um vexame, que ia falar com o chefe dos carabineiros, que estava sentado no outro canto com uma das putas no colo, para que ele prendesse Manuela por imoralidade, aquilo era uma degeneração. Então Manuela o arranhou. Que não se metesse com ela. Que se ela quisesse denunciava o chefe dos carabineiros por embriaguez. Ele que se cuidasse, porque Manuela era muito conhecida em Talca e tinha ótimas relações com a polícia. A gente é profissional, me pagaram para apresentar meu número...

A Japonesa foi buscar *don* Alejo e veio correndo com ele para que ele resolvesse as coisas.

– Alguém está perturbando você, Manuela?

– Esse homem está me dizendo coisas...

– Que coisas?

– Está me chamando de degenerado... de veado...

Todos riram.

– E você não é?

– Veado eu posso ser, mas degenerado não. Sou profissional. Ninguém tem o direito de me tratar desse jeito. Por que esse ignorante veio se meter comigo? Quem é ele para ficar me dizendo coisas, hem? Se me contrataram é porque queriam me ver, de modo que... Se vocês não querem ver meu show, então está bem, é só me pagar a noite que eu vou embora, não tenho nenhum interesse em dançar aqui nesta porcaria deste povoado cheio de mortos de fome...

– Calma, Manuela, calma... beba...

E a Japonesa a fez beber outro copo de tinto.

Don Alejandro dispersou o grupo. Sentou-se à mesa, chamou a Japonesa, expulsou alguém que quis sentar-se com eles e fez Rosita sentar-se a seu lado com Manuela do outro: fizeram um brinde com o borgonha recém-trazido.

– Vida longa ao seu sucesso, Manuela...

– O mesmo para o senhor, *don* Alejo.

Quando *don* Alejo foi dançar com Rosita, a Japonesa aproximou sua cadeira da de Manuela.

– O cara gostou de você, menina. De longe se percebe. Não, ninguém se compara a *don* Alejo. Ele é único. Aqui no povoado é como Deus. Faz o que bem entende. Todo mundo tem medo dele. É dono de todos os parreirais, de todos mesmo, até onde a vista alcança, entende? E é um homem tão bom que quando alguém o ofende, como esse que estava se passando com você, depois ele esquece e perdoa. É bom, e não tem tempo de se preocupar com pessoas como nós. Tem outras preocupações. Projetos, sempre. Agora está nos vendendo terrenos aqui na Estação, mas eu conheço ele e ainda não comprei. Parece que a coisa vai pra frente. Que no ano que vem ele vai lotear uma quadra da granja dele e fazer um povoado. Vai vender propriedades-modelo, diz ele, com pagamento facilitado, e quando tiver vendido todos os lotes vai conseguir que instalem eletricidade aqui no povoado, e aí sim é que a gente vai subir que nem espuma. Meu estabelecimento, que é bastante conhecido, como você sabe, vai receber clientes de toda parte, de Duao, de Pelarco... Eu ficaria importante, meu estabelecimento ficaria mais famoso que o da Pecho de Palo. Ah, Manuela, que homem aquele, você nem imagina como já fui apaixonada por ele. Mas ninguém consegue agarrar o sujeito. Claro que tem esposa, uma loira muito bonita, muito alinhada, você nem imagina como ela é distinta, também tem outra mulher em Talca e sei lá quantas mais na capital. E todas trabalhando feito mulas para ele nas eleições. Se você visse a Misia Blanca, até sem meias estava, e a outra mulher, a de Talca, também, trabalhando para ele, para que fosse eleito. Claro, é bom para todos nós. E no dia das eleições ele mesmo apareceu com um caminhão, fez subir à força todos os que não queriam ir votar, e vamos minha alma, até San Alfonso votar em mim, e deu seus bons pesos aos caras, e eles ficaram tão contentes que depois ficaram por aí perguntando quando haveria outra eleição. Claro que teriam votado nele de qualquer maneira. Afinal, é o único candidato que conhecem. Os outros só pelos cartazes de propaganda, mas *don* Alejo, esse sim, eles conhecem. Quem é que nunca viu *don* Alejo passar por estas estradas em seu tordilho a caminho da feira de segunda-feira em San Alfonso? E, além do dinheirinho, os que votaram nele ganharam belos copos de vinho, e parece que ele mandou matar um novilho para ter churrasco o dia inteiro, e depois mandou um caminhão trazer o pessoal de volta para cá, que sujeito bom, parece que diziam, mas depois ele desapareceu porque teve que ir à capital ver como tinha sido a coisa... Olhe só o chefe da estação dançando com aquela ruça...

A Japonesa franzia os olhos para enxergar os recantos mais distantes do quintal: quando não conseguia ver alguma coisa, falava com Manuela, que cochichava para ela se a ruça ainda estava dançando com o mesmo e com quem estava agora o sargento Buendía e se as cozinheiras estavam pondo mais leitão no fogo, olha que agora eles podem não estar com fome, mas daqui a pouquinho vão querer comer de novo.

Don Alejo se aproximou da mesa. Com seus olhos de louça azul-anil, de boneca, de bolinha de gude, de santo importante, olhou para Manuela, que estremeceu como se toda a sua vontade tivesse sido absorvida por aquele olhar que a rodeava, que a dissolvia. Como não sentir vergonha de continuar sustentando o olhar daqueles olhos portentosos com seus olhinhos pardacentos de poucas pestanas? Baixou-os.

– O que foi, filha?

Manuela olhou para ele de novo e sorriu.

– Vamos, Manuela?

Tão baixo que falou. Seria possível, então...?

– Quando quiser, *don* Alejo...

Seu calafrio se prolongava, ou se multiplicava em calafrios que contornavam suas pernas, tudo, enquanto aqueles olhos continuavam cravados nos seus... até que se dissolveram numa gargalhada. E os calafrios de Manuela terminaram com uma palmada amistosa de *don* Alejo nas costas.

– Não, mulher. Era só brincadeira. Não gosto...

E beberam juntos, Manuela e *don* Alejo, rindo. Manuela, ainda envolta numa barafunda de sensações, bebeu em golinhos curtos e, depois que tudo passou, sorriu de leve, suavemente. Não se lembrava de jamais ter amado tanto um homem quanto estava amando naquele momento o deputado *don* Alejandro Cruz. Tão cavalheiro, ele. Tão delicado quando queria. Até as brincadeiras que os outros faziam com rostos brutais e impropérios ele fazia de outra maneira, com uma simplicidade que não machucava, com um sorriso que não tinha a menor relação com as gargalhadas que soltavam os outros machos. Então Manuela riu, bebendo o restinho de borgonha que ainda havia no copo, como se quisesse esconder atrás do vidro esverdeado um rubor que lhe subiu até as sobrancelhas depiladas: ali mesmo, enquanto erguia o copo, obrigou-se a reconhecer que não, que qualquer coisa além daquela cordialidade seria impossível com *don* Alejo. Precisava destruir aquilo que estava sentindo se não quisesse morrer. E não queria morrer. E quando largou novamente o copo na mesa, já não o amava. Para quê? Melhor não pensar.

Don Alejo estava beijando Rosita, a mão enfiada debaixo da saia dela. Retirou-a para alisar o cabelo quando um grupo de homens aproximou as cadeiras da mesa. Claro, ele lhes prometera ampliar os galpões próximos à estação depois que fosse eleito, isso mesmo, e, claro, lembre-se da eletricidade assim que for possível e daquilo de aumentar a guarnição de carabineiros principalmente na época da vindima, por causa dos forasteiros, que iam vagando de vinhedo em vinhedo em busca de trabalho e às vezes roubando, isso, que se lembrasse, não vá ficar orgulhoso com o triunfo de agora, não vá se esquecer de nós, porque, *don* Alejo, nós o ajudamos quando o senhor precisou de nós, porque ao fim e ao cabo o senhor é a alma do povoado, o esteio, e sem o senhor o povoado vem abaixo, sim senhor, sirva-se de mais um pouco, *don* Alejo, não me faça desfeita, e sirva sua menina, olhe que ela está com sede e se o senhor não tomar conta dela pode ser que ela vá com outro, mas como eu ia dizendo, patrão, os galpões estão cheios de goteiras e são muito apertados, não me diga que não agora depois que ajudamos o senhor, o senhor prometeu. Ele respondia mordendo o bigode de vez em quando. Manuela piscou um olho para ele porque viu que estava segurando os bocejos. Ela era a única que havia percebido que ele estava entediado, cantarolando o que as irmãs Farías cantavam: isto não é conversa para festa. Que maçantes são os homens com esses assuntos de negócios, não é mesmo, *don* Alejo, dizia Manuela com o olhar, até que *don* Alejo não conseguiu reprimir um bocejo descomunal, baboso, que mostrou até a campainha e todo o seu palato rosado que terminava na vertigem de sua traqueia, e eles, enquanto *don* Alejo bocejava na cara deles, calaram-se. Depois, quando tornou a fechar a boca, de olhos lacrimejantes, buscou o olhar de Manuela.

– Ouça, Manuela...

– Que foi, *don* Alejo?

– Você não ia dançar? Este negócio está ficando chocho...

VII

Manuela girou no centro da pista, levantando uma nuvem de pó com sua cauda rubra. No momento mesmo em que a música se deteve, arrancou a flor de trás da orelha e a arremessou para *don* Alejo, que, erguendo-se, conseguiu apará-la no ar. O público rompeu em aplausos, enquanto Manuela se deixava cair ofegante na cadeira ao lado de *don* Alejo.

– Vamos dançar, filha...

As vozes agudas e fanhosas das irmãs Farías voltaram a tomar conta do quintal. Manuela, com a cabeça jogada para trás e a cintura quebrada, prendeu-se a *don* Alejo e juntos deram alguns passos de dança em meio à alegria dos que faziam roda. O encarregado dos Correios se aproximou e a roubou de *don* Alejo. Os dois conseguiram dar uma volta na pista antes que o chefe da estação se aproximasse para tirá-la dele e depois outros e mais outros do círculo que ia se estreitando em torno de Manuela. Alguém a tocou enquanto dançava, outro lhe deu uma rasteira. O vinhateiro-chefe de uma granja vizinha levantou sua saia e, ao ver isso, os que se agrupavam em torno deles para se apropriar de Manuela ajudaram a subir sua saia até passá-la pela cabeça dela, prendendo seus braços como com uma camisa de força. Tocavam suas pernas magras e peludas ou o traseiro seco, envergonhados, engasgando de tanto rir.

– Ela está quente.

– Chega a soltar fumacinha.

– Vamos jogá-la no canal.

Don Alejo se levantou.

– Vamos.

– Temos que refrescá-la.

Vários deles juntos ergueram Manuela. Os braços nus de Manuela traçavam arabescos no ar, deixando-se transportar enquanto soltava trinados. Na claridade da rua avançaram até os eucaliptos da estação. *Don* Alejo ordenou que cortassem as cercas de arame, afinal de contas as cercas eram dele, e abrindo caminho entre as sarças chegaram ao canal que limitava seus parreirais e os separava da estação.

– Um... dois... três... e... jáááááá...

E jogaram Manuela na água. Os homens que a olhavam de cima, em pé entre as sarças e o canal, morriam de rir, apontando a figura que fazia poses e dançava, submersa até a cintura na água, com o vestido boiando como uma mancha ao seu redor e cantando "El relicario". Que fossem mais ousados, provocava, ela gostava de todos, cada um em seu estilo, que não fossem covardes diante de uma pobre mulher como ela, gritava, tirando o vestido que arremessou para a margem. Um dos homens resolveu mijar em cima de Manuela, que conseguiu se esquivar do arco de urina. *Don* Alejo deu-lhe um empurrão e o homem, praguejando, caiu na água, onde se uniu durante um instante às danças de Manuela. Quando afinal lhes deram a mão para que ambos subissem para a margem, todos se assombraram com a anatomia de Manuela.

– Que jumento...!

– Material de primeira...

– Hmmm, esse aí não parece veado.

– Se as mulheres virem isso, vão cair de paixão.

Manuela, tiritando, respondeu com uma gargalhada.

– Esse instrumento só serve para fazer xixi.

Don Alejo voltou com um grupo para a casa da Japonesa. Alguns foram para suas casas sem que os demais percebessem. Outros, com o corpo pesado por causa do vinho, deixaram-se cair no meio do matagal da margem da estrada ou na estação, para dormir a embriaguez. Mas *don* Alejo ainda estava com apetite festeiro. Mandou as irmãs Farías subirem novamente ao tablado para cantar. Na companhia de alguns amigos do peito, sentou-se a uma mesa onde ainda restava um prato com ossos frios e uma faca com a lâmina opaca por causa da graxa. A Japonesa juntou-se a eles para ouvir os detalhes do banho de Manuela.

– E ele disse que aquilo só serve para mijar.

A Japonesa ergueu a cabeça cansada para fitá-los.

– Ele pode dizer isso, mas eu não acredito.

– Por quê?

– Não sei. Porque não.

A questão foi debatida.

A Japonesa continuou enfática. Seu peito macio subia e descia com a paixão de seu ponto de vista: que sim, que Manuela seria capaz, que se fosse tratada de um jeito especial na cama para não sentir medo, um pouco como quem dissesse, bem, com cuidado, com delicadeza, sim, a Japonesa Grande tinha certeza de que Manuela conseguiria. Os homens sentiram uma onda de calor emanar daquele corpo seguro de sua ciência e de seus encantos talvez já um pouco passados do ponto, mas por isso mesmo mais cálidos e afetuosos... sim, sim... eu sei... e de todos os homens que a ouviram na ocasião dizer que sim, que eu consigo excitar a Manuela por mais veado que ele seja, nenhum teria deixado de pagar um bom dinheiro para ocupar o lugar de Manuela. A Japonesa enxugou a testa. Passou a ponta da língua rosada pelos lábios, que ficaram brilhantes por um minuto. *Don* Alejo ria dela.

– Que nada, você já está velha, não vai conseguir...

– Ora, mais sabe o diabo por ser velho que...

– Mas, Manuela! Não, não, aposto que não.

– Está certo. E eu aposto que sim.

Don Alejo parou de rir.

– Feito. Já que você se acha tão poderosa, está feita a aposta. Veja se consegue excitar a bicha. Se você conseguir e se ele funcionar como macho, bom, nesse caso lhe dou o que você quiser, é só pedir. Mas tem de ser conosco olhando e com vocês fazendo umas poses bonitas.

Todos ficaram em silêncio esperando a resposta da Japonesa, que com gestos instruiu as irmãs Farías a continuar cantando e pediu outra jarra de vinho.

– Certo. Mas o que o senhor me dá?

– O que você quiser, já falei.

– E se eu lhe pedir que me dê a granja El Olivo?

– Isso você não vai pedir. Você é uma mulher inteligente e sabe muito bem que isso eu não lhe daria. Peça alguma coisa que eu possa lhe dar.

– Ou que o senhor queira me dar.

– Não, que eu possa...

Não havia maneira de romper a barreira. Melhor não pensar.

– Bom, então...

– O quê?

– Esta casa.

Assim que a palavra "aposta" fora mencionada, ela pensara em pedir apenas alguns barris de vinho, do bom, sabendo que *don* Alejandro mandaria entregar sem discutir. Mas depois se irritara e pedira a casa. Fazia tempo que queria aquela casa. Queria ser proprietária. Como será que a gente se sente quando é proprietária, eu dona desta casa onde comecei a trabalhar desde garota? Nunca sonhei com isso, com ser proprietária. Só agora, pela raiva que lhe dava o fato de *don* Alejo contar com o que chamava de "sua inteligência" para se prevalecer dela. Se ele queria rir de Manuela e de todos e dela, bom, então que pagasse, que não ficasse esperando que ela fosse sensata. Que pagasse. Que lhe desse a casa, se era poderoso a ponto de dominá-los daquele jeito.

– Mas esta casa não vale nada, Japonesa.

– O senhor não vive dizendo que tudo vai subir muito de preço aqui na Estação?

– Vai mesmo, mulher, mas...

– Eu quero esta casa. Não vá me enrolar, *don* Alejo. Olhe que eu tenho testemunhas que depois podem sair por aí dizendo que o senhor não cumpre as promessas que faz. Que dá muitas esperanças e depois, nada...

– Trato feito, então.

Entre os aplausos dos que presenciaram a aposta, *don* Alejo e a Japonesa bateram seus copos cheios um no outro e depois os engoliram de uma só vez. *Don* Alejo se levantou para dançar com Rosita, depois os dois entraram para ficar um momento juntos. Então a Japonesa limpou a boca com o dorso da mão e, fechando os olhos, gritou:

– Manuelaaa...

Os poucos pares que dançavam se imobilizaram.

– Onde está a Manuela?

A maioria das mulheres já havia formado pares cuja estabilidade duraria o que restasse da noite. A Japonesa passou por baixo da parreira cujas folhas começavam a tremelicar com o vento e entrou na cozinha. Tudo escuro, mas sabia que ela estava ali junto do fogão apagado, porém ainda quente.

– Manuela... Manuela?

Sentiu-o tiritar ao lado das brasas. Molhado, coitadinho, e cansado de tanta farra. A Japonesa foi se aproximando do canto onde sentiu que estava Manuela e pôs a mão nele. Ele não disse nada. Depois apoiou seu corpo no de Manuela. Acendeu uma vela. Magro, molhado, diminuído, revelando a verdade de sua estrutura mirrada, de seus ossos frágeis como os de uma ave que se depena para depois jogar na panela. Tiritando ao lado do fogão enrolado na manta que alguém lhe emprestara.

– Você está com frio?

– Eles são tão chatos...

– Uns brutos.

– Não me importo. Estou acostumada. Não sei por que eles sempre fazem isso ou alguma coisa parecida comigo quando eu danço, até parece que ficam com medo de mim, não sei por quê, sendo que eles sabem que a gente é bicha. Menos mal que hoje só me jogaram na água, outras vezes é muito pior, se você soubesse...

E acrescentou, rindo:

– Não se preocupe. Está incluído no preço do espetáculo.

A Japonesa não conseguiu parar de tocá-lo, como se procurasse a ferida para cobri-la com a mão. Sua bebedeira havia passado, a dele também. A Japonesa sentou-se no chão e contou a ele a história da aposta.

– Sua cabeça não está batendo bem, Japonesa? Pelo amor de Deus! Não está vendo que eu sou uma bicha louca? Eu não sei. Como teve coragem de imaginar uma barbaridade dessas?

A Japonesa, porém, continuou falando com ele. Segurou sua mão sem insistir. Ele a retirou, mas enquanto falava ela tornou a pegá-la e ele não a retirou. Não, se ele não quisesse não precisava fazer nada, ela não ia obrigá-lo, não tinha importância, eles só precisavam fazer de conta. Ao fim e ao cabo ninguém estaria conferindo de perto, olhariam pela janela e seria fácil enganá-los. Era só questão de tirar a roupa e ir para a cama juntos, ela diria a ele que cara devia fazer, diria tudo, e à luz da vela não seria possível ver grande coisa, não, não, não. Mesmo que eles não fizessem nada. Não gosta do corpo das mulheres. Aqueles peitos moles, tanta carne sobrando, carne onde as coisas afundam e desaparecem para sempre, os quadris, as coxas que pareciam dois enormes pães doces fundidos no meio, não. Vamos, Manuela, não diga isso, eu pago, não diga que não, vale a pena porque eu lhe pago o que você quiser. Agora já sei que preciso ser dona desta casa, que eu a desejo mais do que qualquer coisa no mundo porque o povoado vai crescer e eu e a casa junto com o povoado, e posso, e é possível que esta casa que era dos Cruz ainda seja minha. Eu faria uma reforma. *Don* Alejandro não gostou nada que eu pedisse a casa. Eu sei por quê, porque dizem que a estrada longitudinal vai passar exatamente por aqui, pela porta da casa. É, porque ele sabe o que esta casa vai valer e não quer perdê-la, mas ficou com medo que os outros que estavam ouvindo a aposta dissessem que ele estava dando para trás ou caindo fora... e aí falou que concordava, que eu podia ganhar a casa. Eu convidaria artistas, você, Manuela, por exemplo, você seria sempre convidada. É, eu pago. Você não precisa fazer nada, só ficar nua comigo na cama durante algum tempo. Um tempo, uns quinze minutos, está bem, dez, não, cinco minutos... E a gente ia rir, Manuela, você e eu, já estou cansada desses homens brutos de que eu gostava antes, quando era mais jovem, que me roubavam dinheiro e me passavam para trás com a primeira que aparecesse, estou cansada, e nós duas podemos ser amigas, desde que ela fosse minha, minha casa, minha, senão passo o resto da vida dependendo de *don* Alejo, do que ele quiser, porque esta casa é dele, você sabe. Mas eu fico com medo, também fico com medo, Japonesa, mesmo sendo de faz de conta, não faz diferença, não faz diferença. Você quer que eu lhe sirva um mate, está tiritando, eu tomo um mate com você, não, não gosto de mate, aceito agora só para lhe fazer companhia: Japonesa danada, você está me enrolando, vem com isso, vem com aquilo, você vai ver como eu cevo bem o mate, não fique com medo, não fique com medo de mim, das outras mulheres sim, mas de mim não, está bom este mate, não é mesmo, você vai parar de sentir frio. Manuela continuava dizendo não, não, não, não...

A Japonesa pôs novamente a chaleira no fogo.

– E se você ficasse como sócia?

Manuela não respondeu.

– Como minha sócia?

A Japonesa viu que Manuela estava pensando.

– A gente reparte tudo pela metade. No papel, eu assino, você também fica sendo dona desta casa quando *don* Alejo a passar para o meu nome no cartório. Você e eu, proprietárias. A metade de tudo. Da casa e dos móveis e do negócio e de tudo que for entrando...

...e assim, proprietária, ninguém poderá botar você para fora, porque a casa seria sua. Ela poderia mandar. Já havia sido expulsa de tantos puteiros porque ficava louca daquele jeito quando a festa começava e a cabeça esquentava com o vinho e a música e tudo e às vezes as brigas dos homens começavam por culpa dela. De um puteiro para outro. Até onde a memória alcança. Um mês, seis meses, um ano no máximo... sempre precisava terminar arrumando a trouxa e indo para outro lugar, porque a dona se irritava, porque dizia quem arruma confusão é a Manuela por ser tão escandalosa... ter um quarto que seja meu, meu para sempre, com gatas recortadas das revistas grudadas na parede, mas não: de um estabelecimento para outro, sempre, desde que o expulsaram da escola quando o flagraram com outro menino e ele não teve coragem de voltar para casa porque o pai andava com um rebenque enorme com o qual chegava a tirar sangue dos cavalos quando os espancava, e então foi para a casa de uma senhora que lhe ensinou danças espanholas. Depois ela o botou para fora, depois outras, sempre de casa em casa, sem nada no bolso, sem ter onde se esconder para descansar quando lhe doíam as gengivas, aquelas cãibras desde sempre, até onde a memória alcançava, e não contava para ninguém, e agora aos quarenta anos meus dentes estão se soltando, chego a ficar com medo de espalhá-los quando espirro. Enfim. Era só por um momento. Não gosto de grão-de-bico, mas quando não tem mais nada para comer... enfim. Proprietária, ela. Ninguém vai poder me mandar embora, e se é verdade que este povoado vai crescer, então, claro, a vida não era tão ruim, há esperança até para uma bicha feia como eu, e então a desgraça não era uma desgraça, mas podia até mesmo se transformar numa maravilha graças a *don* Alejo, que me promete que as coisas podem ser maravilhosas, cantar e rir e dançar sob as lâmpadas todas as noites, para sempre.

– Está bem.

– Trato feito?

– Mas não faça nada comigo porque eu grito.

– Trato feito, Manuela?

– Trato feito.

– Vamos passar a perna em *don* Alejo.

– E depois a gente registra no cartório?

– No cartório. Em Talca.

Já não tiritava. Seu coração batia com muita força.

– E quando vamos fazer as poses bonitas?

A Japonesa foi até a porta.

– *Don* Alejo ainda não saiu do quarto, espere...

Ficaram em silêncio ao lado do fogão. Manuela retirou a mão da mão da Japonesa, que a largou porque já não fazia diferença, aquele ser era seu, inteiro. Manuela em sua casa para sempre. Unido a ela. Por que não? Trabalhadora ela era, isso se percebia, e alegre, e sabia tanta coisa de arrumação e vestidos e comida, é verdade, não estava mal, melhor unida a Manuela do que com alguém que a fizesse sofrer, Manuela jamais a faria sofrer, amiga, amiga apenas, as duas juntas. Fácil gostar dele. Quem sabe chegasse a sofrer por ele, só que de outro modo, não com aquele alarido de dor de quando um homem não a ama mais, aquele esquartejamento, sozinha, noite após noite porque o homem está com outra ou a engana ou carrega seu dinheiro ou se aproveita dela e ela, para que ele não vá embora, faz de conta que não sabe de nada, mal tem coragem de respirar à noite ao lado daquele corpo que de repente, de repente podia lhe dizer que não, que nunca mais, que ali seus caminhos se separavam... ela consegue excitá-lo, tem certeza, quase sem nenhum esforço, porque o coitado por dentro e sem perceber já está respondendo a seu calor. Se não fosse assim jamais teria prestado atenção nele.

Vai ser fácil excitá-lo. Até mesmo fazê-lo enamorar-se. Mas não. Isso estragaria tudo. Não seria conveniente. Era preferível que Manuela jamais se esquecesse de sua posição em sua casa – o maricas do puteiro, o sócio. Mas mesmo que não fosse o caso seria fácil para ela fazê-lo enamorar-se, tão fácil quanto era, naquele momento, amá-lo.

– Ouça, Manuela, não vá se apaixonar por mim...

VIII

– É isto que conta, compadre, não seja idiota: a grana. O senhor acha que se a gente tivesse não seria igual a ele? Ou imagina que *don* Alejo é de uma categoria especial? Não, nada de dúvidas aqui. O senhor tem medo do velho porque deve dinheiro a ele, só isso. Não, claro que não vou dizer nada a ninguém. O senhor acha que eu vou querer que as pessoas saibam como ele tratou o marido da minha irmã? No envelopinho que lhe dei tem o dinheiro necessário para o senhor pagar a ele o que lhe deve... não, me pague quando puder, sem pressa, o senhor é da família. Não sou desses caras orgulhosos e não vou me comportar com o senhor como ele se comportou. As coisas que ele lhe disse, Deus do céu! Estou lhe dizendo que não se preocupe, que eu tenho de sobra. Me dá uma raiva, esses caras... Por que obedecer quando ele lhe diz que não vá à casa da Japonesita se lhe der vontade e se o senhor paga sua conta? Por acaso a Japonesita é dele? Claro, o cara acha que tudo pertence a ele, e não é nada disso. Ninguém manda no senhor nem em mim, e se a gente quiser pode ir aonde nos der na telha. Não é verdade? O senhor vai e paga a ele o que lhe deve e estamos conversados... Vamos, Pancho, coragem que não é para tanto...

O caminhão passou de largo na frente da casa da Japonesita. Dobraram lentamente naquela esquina e depois fizeram a volta no quarteirão e passaram de novo na frente da casa da Japonesita, desta vez sem tocar a buzina, Octavio convencendo-o, dando voltas e mais voltas no quarteirão.

– E como eu faço com o assunto dos fretes?

– Não se preocupe. Não vê que todos os caminhoneiros destas bandas passam por meu posto e que eu sei onde estão os melhores fretes da região? Não se preocupe. Estou lhe dizendo que o senhor não é escravo desse velho... Bom. Já me cansei desse assunto. Vamos até lá pagar a dívida agora mesmo. É, agora...

– Está tarde...

Octavio refletiu.

– Afinal de contas, não faz mal que eles estejam jantando. Vamos de uma vez.

Pancho fez a volta com o caminhão na rua estreita e partiu na direção oposta, na direção da granja El Olivo, para lá da Estação. Ele conhecia seu veículo; depois que passou as sarçamoras e os canais que faziam o limite da estação, venceu valas e buracos manobrando o caminhão enorme, que agora lhe parecia leve porque ia à casa de *don* Alejo arrancar dele o pedaço daquele veículo que ainda pertencia a *don* Alejo.

– Vamos atolar nesse barro...

Octavio abriu a janela e jogou o cigarro fora.

– Não...

Pancho parou de falar porque avançava por um desfiladeiro de sarçamoras. Precisava seguir muito devagar, de olhos franzidos, cabeça inclinada sobre o para-brisa. Para ver as pedras e os buracos. Conhecia bem aquela estrada, mesmo assim era melhor ter cuidado. Até os barulhos ele conhecia: aqui, atrás da sarçamora, o canal de los Palos se dividia em dois, e o braço que ia na direção do potreiro de Los Lagos borbulhava durante um trecho por uma canaleta de madeira. Agora não dava para ouvir, mas se fosse a pé como antes, como quando era menino, era exatamente aqui, logo depois do salgueiro cambaio, que se começava a ouvir o barulho da água na canaleta de madeira. Aquele era o caminho que percorria a pé diariamente para ir à escola na Estação El Olivo, nos tempos em que havia escola por lá. Tempo perdido. Misia Blanca o ensinara a ler e escrever e as quatro operações junto com Moniquita, que aprendera tão depressa e que era melhor que ele em tudo. Até *don* Alejo dizer que Pancho precisava ir à escola. E depois estudar, sei lá, na universidade. Imagine! Fui a besta mais besta da turma e nunca passava de ano porque não estava a fim, até que *don* Alejo, que de idiota não tem nada, se deu conta, e aí, bom, para que continuar me incomodando com esse moleque se ele não nasceu com cabeça para o estudo, é melhor ele aprender os números e a ler apenas o suficiente para não ser confundido com um animal, e que comece a ajudar no campo, vamos ver o que se pode fazer com ele, para que perder tempo na escola se ele não aprende. Cada pedra. E mais adiante o marco de concreto, quebrado desde sempre. Sabe lá como foi que o quebraram. Deve ser difícil quebrar um marco de concreto, mas quebrado ele está. Cada buraco, cada pedra: *don* Alejo o fizera aprender de cor indo e vindo todos os dias da granja para a escola e da escola para a granja, até que falaram que já estava bom, que qual era a vantagem. Mas Ema quer que Normita frequente um colégio de freiras, não quero que a menina seja uma qualquer, como a tal que teve que se casar com o primeiro que olhou para ela para não ficar para tia – pense em como eu estaria se tivesse estudado um pouco, para que você diz isso se sabe que gostou de mim assim que me viu e largou o rapaz dono do açougue porque se apaixonou por mim, mas estudando teria sido diferente, que negócio é esse de estudar, *mamá*, e o que é que têm as freiras, eu quero que a menina estude uma profissão curta como obstetrícia, que é obstetrícia, mamãe, e ele não gostava que ela perguntasse, tão pequena e o que é que a pessoa vai explicar a ela, melhor esperar que cresça. Se eu quiser, se me der na veneta, mando minha filha estudar. *Don* Alejo não tem nada que se meter. Não tem nada que ver com a minha vida. Eu sou eu. Sozinho. E, claro, a família, como Octavio, que é meu compadre, de modo que não me importo de ficar devendo a ele, e não vai acontecer nada comigo se eu demorar um pouco para pagar... ele vai gostar que eu queira comprar uma casa para Ema. Agora eu pago o velho e me mando.

O caminhão girou entre duas bananeiras e entrou por uma alameda de palmeiras. Dos dois lados, depósitos. E montanhas de bagaço fétido junto aos galpões fechados e escuros. Ao fundo, o parque, a azinheira gigantesca embaixo da qual eu via quando eles se estendiam nas redes e cadeiras de lona colorida – ele do outro lado, olhando, mas não quando era pequeno, porque Moniquita e ele brincavam juntos entre as hortênsias gigantes, os dois sozinhos, e os grandes riam dele perguntando se era namorado de Moniquita e ele dizia que sim, e naquele tempo ele podia entrar, mas depois, quando ficou maior, já não podia: e eles liam revistas em idiomas desconhecidos, dormitando nas cadeiras de lona desbotada.

Os quatro cachorros correram para o caminhão que se aproximava pela alameda de palmeiras e atacaram a lataria brilhante, arranhando-a e sujando-a de barro quando ele estacionou diante do galpão de ferramentas.

– Vamos descer...

– Como, com esses monstros?

Os saltos e rosnados dos cachorros sitiaram-nos na cabine. Então Pancho, porque lhe deu na telha, porque ficou com raiva, porque sentiu medo, porque odiava os cachorros, começou a buzinar feito um louco e os cachorros a redobrar os saltos arranhando a pintura de que ele cuidava tanto, mas tudo bem, agora a única coisa importante era buzinar, buzinar para derrubar as palmeiras e a azinheira e atravessar a noite de um lado até o outro para que não reste nada, buzinar, buzinar, e os cachorros latem enquanto na varanda a luz se acende e silhuetas ganham vida entre os sacos e debaixo das portas, gritando com os cachorros, correndo para o caminhão, mas Pancho não para de tocar a buzina, precisa continuar, os cachorros furiosos sem obedecer aos peões que os chamam. Até que *don* Alejo aparece no alto da escada da varanda e Pancho para de buzinar. Então os cachorros se calaram e correram para ele.

– Otelo... Sultán. Aqui, Negus, Moro...

Os cachorros se posicionaram atrás de *don* Alejo.

– Quem é?

Pancho ficou mudo, exangue, como se tivesse esgotado todas as suas forças. Octavio lhe deu uma cotovelada, mas Pancho continuou mudo.

– Ah, cagão.

Então Pancho abriu a porta e pulou para fora. Os cachorros se jogaram para cima dele mas *don* Alejo conseguiu chamá-los enquanto Pancho subia novamente para a cabine. Octavio havia apagado os faróis e toda a paisagem surgiu da escuridão, e a azinheira negra e as copas das palmeiras e a espessura das paredes e as telhas dos beirais se delinearam contra o céu repentinamente fundo e vazio.

– Quem é?

– É o Pancho, *don* Alejo. Que cachorrinhos, esses seus.

– Que alvoroço foi esse que você armou ao chegar? Está bêbado, seu sem-vergonha, para pensar que pode vir até a minha casa a hora que quiser, fazendo esse barulho todo? Vocês – prendam esses cachorros, vamos, Moro, Sultán, vamos, Otelo, Negus... e você, Pancho, venha aqui para a varanda enquanto vou buscar minha manta, está gelado...

Pancho e Octavio desceram cautelosamente do caminhão, procurando não pisar nas poças, e subiram para a varanda. Ao fundo do U que abraçava o parque, viram algumas janelas iluminadas. Aproximaram-se. A sala de jantar. A família reunida sob a lâmpada. Um rapaz de óculos – neto, filho de *don* Jorge, que será que ele está fazendo aqui na granja quando já devia estar no colégio... E Misia Blanca na cabeceira. Grisalha agora. Era loura, usava uma trança muito comprida que enrolava na cabeça e que cortou quando Moniquita pegou tifo dele. Ele a vira fazer isso, Misia Blanca, na capela ardente – ergueu os braços, suas mãos pegaram a trança pesada e cortou raso, na nuca. Ele viu: através das lágrimas que lhe brotaram só naquele momento, só quando a senhora Blanca cortou sua trança e a jogou dentro do caixão, ele a viu nadando em suas lágrimas como agora a via nadando no vidro embaçado da sala de jantar. Me emprestem o Panchito: chegava a pedi-lo a sua mãe para que fosse brincar com Moniquita porque eram quase da mesma idade e os empregados da casa riam dele porque dizia que era namorado da filha do patrão. Agora ela era uma velha. Comia em silêncio. E quando *don* Alejo finalmente saiu ao encontro deles na varanda, de chapéu na cabeça e manto de vicunha nos ombros, Pancho o viu tão alto, alto como quando tinha de olhá-lo de baixo para cima, ele, um menino que mal ultrapassava a altura dos joelhos dele.

– Que milagre, Pancho!

– Boa noite, *don* Alejo...

– Com quem você está?

– Com Octavio...

– Boa noite.

– Em que posso servi-los?

Deixou-se cair numa poltrona de vime e os dois homens ficaram em pé diante dele. Agora estava pequeno. E doente.

– Que desejam a esta hora?

– Venho pagar-lhe, *don* Alejo.

Levantou-se.

– Mas você já me pagou hoje de manhã. Não me deve mais nada até o mês que vem. Que bicho mordeu você de repente?

Iam andando pelo U das varandas. De vez em quando, ao passar, repetia-se a imagem de Misia Blanca presidindo a grande mesa quase vazia, uma vez mexendo o chá, outra tapando a queijeira, outra partindo o pedaço de pão sobre a toalha alva, dentro da moldura de luz da janela. Octavio ia explicando as coisas a *don* Alejo... sabe o quê, prefiro não escutar, ele sabe fazer isso melhor do que eu. Isso, deixar por conta dele, porque ele não vai permitir que *don* Alejo monte nele como faz comigo. Misia Blanca escolhe num pratinho um torrão de açúcar mascavo para pôr no chá. Um para ela, outro para Moniquita e outro para você, Panchito, tem um pedaço de folha de verbena grudado, dá um gosto especial, gosto de Misia Blanca, bom, vão brincar no jardim e não perca ela de vista, Pancho, que você é mais velho e precisa cuidar dela. E as hortênsias descomunais lá no fundo da sombra, ao lado da valeta de tijolos cobertos pelo veludo do musgo, ele papai e ela mamãe das bonecas, até que os meninos nos flagram brincando com o bercinho, eu embalando a boneca nos braços porque Moniquita diz que é assim que os papais fazem e os meninos riem – maricas, maricas, brincando de boneca como as mulheres e não quero voltar nunca mais, porém me obrigam porque lá me dão de comer e me vestem, mas eu prefiro passar fome e espio de trás da cerca de ligustros. Peguei você, garoto de merda. E sua mão me segura por aqui, pelo pescoço, e eu me penduro na manta dele esperneando, ele tão grande eu tão mínimo olhando-o lá no alto como uma escarpa. Sua manta um pouco escorregadia e muito quente porque é de vicunha. E ele me arrasta pelos matagais e eu me agarro a sua manta porque é tão macia e tão quente e ele me arrasta e eu lhe digo que não tinham me dado licença para ir, mentiroso, ele sabe tudo, você é um mentiroso, Pancho, não saia daqui porque quem é que vai cuidar da menina, brincar com a menina, só você, e me joga no parque tão grande para que eu a procure no emaranhado de matagais e corro e meus pés se enredam nas pervincas mas não tenho por que correr tanto se sei que ela está como todos os dias junto das hortênsias, na sombra, ao lado da cerca em que brilham os cacos de garrafas quebradas, e chego e a toco e da ponta de meu corpo com que ia penetrando o bosque de moitas, fugindo, aquela ponta de meu corpo derrama algo que me molha e então adoeço com tifo e ela também e ela morre e eu não, e eu fico olhando Misia Blanca e somente quando suas mãos erguem a trança para cortá-la minhas lágrimas começam a brotar porque eu fiquei bom e porque Misia

Blanca está cortando sua trança. Ela apagou a luz da sala de jantar. Desta vez já não está lá. A voz de Octavio continua explicando: sim, *don* Alejo, como não, não faz mal, mesmo que não passem mais os fretes para ele, já consegui outros, sim, muito bons, uns fretes de tijolos, uns tijolos que estão fazendo lá do outro lado de...

– De quem são esses tijolos?

Octavio não respondeu.

Don Alejo se calou, surpreso com o silêncio, e eles também, Octavio sustentando o olhar do senador por um momento.

Seria possível? Pancho percebeu que Octavio não respondia à pergunta de *don* Alejo porque se *don* Alejo viesse a saber de quem eram aqueles tijolos podia dar um telefonema, bastava isso, para que não conseguissem o trabalho. Ele conhecia todo mundo. Todo mundo o respeitava. Tinha os cordéis de todo mundo presos nos dedos. Mas seu cunhado Octavio, seu compadre, padrinho de Normita, estava enfrentando *don* Alejo: Octavio era novo na área e não tinha medo do velho. E já que não queria responder, não respondia. Deram uma volta inteira pela varanda sem falar. O parque estava calado porém vivo, e o silêncio deixado pelas vozes deles foi sendo preenchido por ruídos quase imperceptíveis, a gota que caía da ponta do beiral, chaves tilintando no bolso de Octavio, o calafrio do jasmim quase sem folhas atravessado por pingos de água, os passos lentos que terminaram na porta da casa.

– Está frio...

– Claro. Com tanto fresco por aqui.

Pancho estremeceu com as palavras do cunhado: *don* Alejo olhou para ele a ponto de lhe perguntar o que estava querendo dizer com aquilo, mas não perguntou, e começou a contar as cédulas que Octavio lhe entregara.

– Pelo menos três.

– O quê?

– Frescos... três...

Pancho se apossou da palavra, tirou-a do cunhado antes que ele continuasse entusiasmado pelos triunfos alcançados. Eram triunfos? *Don* Alejo estava calmo demais. Talvez não tivesse ouvido.

– Não, não, nada, *don* Alejo. Bom, se está tudo certo não queremos mais incomodá-lo e vamos indo. Estamos ocupando seu tempo. Ainda mais com esse frio. Dê lembranças minhas a Misia Blanca, por favor. Está certo?

Don Alejo os acompanhou até a extremidade da varanda para despedir-se. Pisando no barro ao avançar para o caminhão, os dois se viraram e viram os quatro cachorros ao lado dele nos degraus.

– Cuidado com esses cachorros...

Don Alejo riu alto.

– Engula aqueles dois, Sultán.

E os quatro cachorros dispararam atrás deles. Mal tiveram tempo de subir no caminhão antes que eles começassem a arranhar as portas. Ao manobrar para a saída, os faróis iluminaram durante um momento a figura de *don* Alejo no alto da escada e depois os faróis que avançavam foram engolindo, de par em par, as palmeiras da saída dos fundos. Pancho suspirou.

– Está feito.

– Você não me deixou dizer na cara dele que ele é um fresco.

– O cara é boa gente.

Mas fresco. Octavio ficara dizendo isso a ele no caminho para o povoado e na hora ele acreditara, mas agora estava mais difícil acreditar. Até as pedras da estrada que os levava de volta à Estação sabiam disso. Ele que não fosse idiota, que enfiasse na cabeça que o velho jamais se preocupara com a eletricidade do povoado, que era tudo conversa, que, ao contrário, agora convinha a ele que o povoado jamais tivesse eletricidade. Que não fosse ingênuo, o velho era uma raposa. Sempre que ele fora falar com o intendente sobre a eletricidade tinha sido para dissuadi-lo, para dizer-lhe que não eletrificasse o povoado, estou lhe dizendo porque sei, porque o motorista do intendente é meu amigo e me contou, não seja trouxa, compadre. Claro. Pense bem. Ele quer que todo mundo vá embora do povoado. E como ele é dono de quase todas as casas, se não de todas, não lhe custa nada dar mais uma faladinha com o intendente para que ele lhe ceda os terrenos das ruas, que para começo de conversa eram dele, para em seguida demolir todas as casas e arar o terreno do povoado, adubado e descansado que está, e plantar mais e mais vinhas como se o povoado jamais tivesse existido, é, pelo que eu sei, é isso que ele pretende. Agora, depois do fracasso do projeto de fazer da Estação El Olivo um povoado grande, como ele imaginou na época em que a rodovia longitudinal ia passar justamente por aqui, pela porta da casa dele...

Inclinado sobre o volante, Pancho esquadrinha a escuridão porque tem de esquadrinhá-la se não quiser despencar num canal ou engastalhar-se na sarçamora. É preciso olhar para cada pedra da estrada, para cada buraco, para cada uma daquelas árvores que eu ia abandonar para sempre. Imaginei que tudo isto ficaria por aqui com minhas pegadas, para depois, sempre que quisesse, pensar nestas ruas por onde estou passando, que já não existirão e que eu não poderei recordar porque já não existem, e eu não poderei mais voltar. Não quero voltar. Quero ir na direção de outras coisas, para a frente. A casa em Talca para Ema e a escola para Normita. Eu gostaria de ter para onde voltar não para voltar, mas para ter, só isso, e agora não vou mais ter. Porque *don* Alejo vai morrer. A certeza da morte de *don* Alejo esvaziou a noite e Pancho teve de aferrar-se ao volante para não cair naquele abismo.

– Compadre.

– O que é?

Não soube o que dizer. Era só para ouvir a voz dele. Para ver se realmente queria ser como Octavio, que não tinha para onde voltar e não se incomodava com isso. Ele era o homem mais fantástico do mundo porque se fizera sozinho e agora era dono de um posto de gasolina e do restaurantezinho ao lado, à beira da estrada longitudinal, por onde passavam centenas de caminhões. Fazia o que queria e dava à mulher o dinheiro necessário para os gastos da semana, não como Ema, que arrancava todo o dinheiro dele como se ele fosse obrigado a dar o dinheiro a ela. Octavio era um grande homem, grande, grande. Que sorte que ele tinha se casado com a irmã dele. O cara sentia que estava com as costas quentes.

– Quites, então. Melhor não ter nada a ver com eles. Eles são um lixo, compadre, ouça o que estou lhe dizendo, o senhor não sabe as boas que esses caras me arrumaram.

Estavam chegando ao povoado.

– Aonde vamos?

– Festejar.

– Mas onde?

– Onde poderia ser, compadre?

– Na casa da Japonesita.

– Então vamos para a casa da Japonesita.

IX

A Japonesita apagou a lamparina.

– É ele.

– De novo?

Depois que trancaram as portas do caminhão, transcorreu um minuto denso de espera, tão longo que parecia que os homens que haviam saltado estavam perdidos na noite. Quando por fim bateram na porta do salão, Manuela abraçou o vestido de espanhola.

– Vou me esconder.

– Papai, espere...

– Ele vai me matar.

– E eu?

– Sei lá. Ele me jurou de morte. Não tenho nada a ver com o que acontecer com você.

Saiu correndo para o quintal. Se conseguisse se salvar desta, com certeza morreria de broncopneumonia como todas as velhas. Por que se preocupar com a Japonesita? Ela que se defendesse se quisesse se defender, que se entregasse se quisesse se entregar, ela, Manuela, não estava a fim de salvar ninguém, somente seu próprio couro, quanto mais a Japonesita, que a chamava de "papai", papai quando sentia medo de que Pancho tivesse vindo para matá-la por ser bicha. O melhor que tinha a fazer era fugir pelo terreno ao lado e ir passar a noite na casa de Ludovinia, sempre quentinha em seu quarto e com cama de casal, não, não, nada de se enfiar na cama com mulher, já sabia no que podia dar. Mas quem sabe tivesse sobrado alguma *sopaipilla* do almoço na casa da Ludo, ela podia esquentar o bolinho no rescaldo do braseiro e servir uns matezinhos para ela, as duas podiam ficar conversando sobre coisas adoráveis, por exemplo os chapéus de Misia Blanca no tempo em que se usavam chapéus e esquecer aquele assunto, porque lógico que ela não ia contar para a Ludo, senão a outra podia ficar perguntando e ela teria que falar. Até que aquilo recuasse para dentro da escuridão que engole tudo, e aí a gente falaria para a Ludo que sim, olhe só, amanhã quem sabe pudesse dizer, olhe só, a menina finalmente se decidiu e levou o homem para o quarto, era muita leseira, assim já estava bem, agora vamos ficar em paz, e toda a escuridão rodeando tudo até que chegasse a hora de dormir e ela pudesse ir se deixando cair gota a gota, gota a gota, dentro do lodaçal do sono que cresceria até encher todo o quarto quentinho da Ludo.

A luz se acendeu novamente no salão. Um homem apareceu no retângulo. A agulha da vitrola começou a raspar um disco. Octavio se apoiou no marco da porta. Manuela deu um passo atrás, abriu a grade do galinheiro e se escondeu embaixo da meia-água perto da escadinha embranquecida pelo cocô das galinhas, e o peru de Lucy começou a rondar, estufado, furioso, com todas as penas eriçadas. Manuela enfiou uma das mãos por baixo da camisa para aquecê-la: cada dobra de sua pele antiga parecia papelão congelado, depois retirou-a. Agora eles estavam dançando. A Japonesita atravessou o retângulo de luz colada a Pancho Vega.

Dali a pouco eles começariam a revistar a casa atrás dela. Se a Japonesita fosse suficientemente mulher para distraí-los, para atrair a energia daqueles homens para si mesma, ela que estava tão necessitada de energia! Mas não. Iam revistar. Manuela sabia, iam tirar as putas de seus quartos, destruir a cozinha, procurar por ela na latrina, quem sabe no galinheiro, iam quebrar tudo, os pratos, os copos, a roupa e elas, e inclusive ela se conseguissem encontrá-la. Porque era para isso que tinham vindo. A mim eles não enganam. Aqueles homens não haviam surgido assim sem mais do meio da noite para entrar lá e ir para a cama com uma mulher qualquer e tomar algumas jarras de um vinho qualquer, não, tinham vindo atrás dela, para torturá-la e obrigá-la a dançar. Sabiam que ela havia tomado a decisão de não dançar para eles, assim como no ano anterior Pancho tinha encasquetado que sim, que ela ia dançar para ele, aquele bruto, vem por ela, Manuela sabe. Enquanto isso, se conformava em dançar com a Japonesita. Mas depois ia atrás dela. Sim, eu podia ter escapado para a casa da Ludo. Mas não. A Japonesita estava dançando, estranho, nunca dançava nem que lhe implorassem. Mas estava dançando. Viu-a rodopiar diante da porta aberta de par em par, colada a ele, parecia derretida e derramada sobre Pancho, e ele com o bigode preto escondido no pescoço da Japonesita, o bigode sujo, a borda de baixo tingida de vinho e nicotina. E presas ao nascimento das nádegas, suas mãos manchadas de nicotina e óleo de motor. E Octavio em pé no vão da porta, fumando, esperando: depois jogou o cigarro para a noite e entrou. O disco parou. Uma gargalhada. Um grito da Japonesita. Uma cadeira cai. Estão fazendo alguma coisa com ela. A mão de Manuela novamente enfiada entre sua pele e sua camisa bem no lugar onde pulsa o coração, aperta até provocar dor, como gostaria de provocar dor no corpo de Pancho Vega, por que será que a Japonesita está gritando outra vez, ai, ai, ela que não me chame de papai, que não me chame assim de novo porque não tenho punhos para defendê-la, só sei dançar e tiritar aqui no galinheiro.

...Mas uma vez não tiritei. O corpo nu da Japonesa Grande, quente, ai, se eu tivesse aquele calor agora, se a Japonesita tivesse aquele calor, assim não precisava de outros calores, o corpo nu e asqueroso mas quente da Japonesa Grande me envolvendo, suas mãos no meu pescoço e eu olhando para aquelas coisas que cresciam no peito dela como se não soubesse que elas existiam, pesadas e com pontas vermelhas à luz da lamparina que não havíamos apagado para que eles nos vissem da janela. Pelo menos aquela comprovação eles exigiram. E a casa seria nossa. Minha. E eu no meio daquela carne, e a boca daquela mulher bêbada procurando a minha como um porco chafurda no meio do barro, embora o combinado fosse que não nos beijaríamos porque me dava nojo, mas ela queria minha boca, não sei, até hoje não sei por que a Japonesa Grande estava com aquela fome por minha boca e procurava minha boca e eu não queria e não deixava, franzia a boca, mordia os lábios ansiosos dela, escondia o rosto no travesseiro, tudo porque estava com medo de ver que a Japonesa ultrapassava os limites de nosso pacto e que algo vinha surgindo e eu não... Eu queria não sentir nojo da carne daquela mulher que me lembrava a casa que ia ser minha com aquele teatro tão fácil mas tão terrível, que não comprometia ninguém, mas... e *don* Alejo olhando. Será que íamos conseguir enganar *don* Alejo? Só de pensar nisso me dava tremedeira. E a Japonesa me fez tomar outro copo de vinho para que você perca o medo e eu ao tomar o vinho derramei a metade do copo no travesseiro ao lado da cabeça da Japonesa, cuja carne me exigia, e depois outro copo. A partir daí ela praticamente não disse mais nada. Estava com os olhos fechados e o rímel escorrido e o rosto suado e o corpo inteiro molhado, principalmente a barriga, grudada na minha e eu achando que tudo isto é demais, é desnecessário, estão me traindo, ai, é óbvio que senti que era uma traição para me aprisionar e me enfiar para sempre numa prisão porque a Japonesa Grande estava ultrapassando os limites da aposta com aquele cheiro, como se uma sopa enfeitiçada estivesse sendo preparada no fogo que ardia debaixo da vegetação do vértice das pernas dela, e aquele cheiro se prendia ao meu corpo e grudava em mim, o cheiro daquele corpo de canais e cavernas inimagináveis ininteligíveis, manchados por outros líquidos, povoados por outros gritos e outros animais, e aquele fervor tão diferente do meu, do meu corpo de boneca mentida, sem profundidade, o que era meu inteiro para fora, inútil, pendurado, enquanto ela acariciando-me com a boca e com as palmas úmidas, com os olhos terrivelmente fechados para que eu não soubesse o que estava acontecendo lá dentro, aberta, inteira para dentro, passagens e canais e cavernas e eu ali, morto nos braços dela, na mão dela que me pede insistentemente que viva, que sim, você consegue, e eu nada, e no caixote ao lado da cama a lamparina assobiando baixinho quase encostada em meu ouvido como se me contasse um longo segredo sem significado. E suas mãos macias me percorrem, e ela me diz que gosta, que quer aquilo, e começa a sussurrar de novo, como a lamparina, em meu ouvido e ouço aquelas risadas na janela: *don* Alejo me olhando, olhando-nos, e nós a retorcer-nos enredados e suarentos para agradá-lo porque ele nos mandara fazer aquilo para diverti-lo e só assim ele nos daria aquela casa de adobe, de vigas mordidas pelas ratazanas, e eles, os que olham, *don* Alejo e os outros que riem de nós, não ouvem o que a Japonesa Grande me diz muito devagarinho ao ouvido, filhinho, é gostoso, não tenha medo, não vamos fazer nada, é puro teatro para que eles acreditem e não se preocupe filhinho e sua voz é quente como um abraço e seu hálito tingido de vinho me envolvendo, mas agora não importa tanto porque por mais que sua mão me toque não preciso fazer nada, nada, é tudo teatro, não vai acontecer nada, é para a casa, só isso, para a casa. Seu sorriso colado no travesseiro, desenhado no lençol. Ela gosta de fazer o que está fazendo aqui nos lençóis comigo. Gosta que eu não consiga: com ninguém, me diga que é verdade, Manuelita linda, me diga que nunca com mulher nenhuma antes de mim, que eu sou a primeira, a única, assim vou conseguir gozar, minha linda, minha alma, Manuelita, vou gozar, gosto do seu corpo aterrorizado e de todos os seus medos e gostaria de acabar com seu medo, não, não tenha medo Manuela, não acabar com ele, mas tirá-lo suavemente do lugar onde está para chegar a uma parte de mim que ela, a coitada da Japonesa Grande, achava que existia mas que não existe e nunca existiu embora ela me toque e me acaricie e murmure... não existe, Japonesa burra, entende, não existe. Não, filhinha, Manuela, como se fôssemos duas mulheres, olhe, assim, está vendo, as pernas trançadas, o sexo no sexo dois sexos iguais, Manuela, não tenha medo do movimento das nádegas, dos quadris, a boca na boca, como duas mulheres quando os cavalheiros na casa da Pecho de Palo pagam as putas para que elas façam poses bonitas... não, não, você é a mulher, Manuela, eu sou a macha, olhe como estou baixando sua calcinha e como estou tirando seu sutiã para que seus peitos fiquem despidos e eu desfrute deles com você, tem sim, Manuela, não chore, tem peitos sim, pequenos como os de uma menina, mas tem, e por isso quero você. Você fala e me acaricia e de repente me diz, agora sim, Manuelita de meu coração, está vendo que você consegue... Eu sonhava meus seios acariciados e algo acontecia enquanto ela me dizia sim, filhinha, estou fazendo você gozar porque eu sou a macha e você a fêmea, quero você porque você é tudo, e sinto o calor dela me engolindo, a mim, a um eu que não existe, e ela me dirige rindo comigo porque eu também estou rindo, morrendo de rir os dois para disfarçar a vergonha dos estremecimentos, e minha língua em sua boca e não faz mal que eles estejam olhando da janela, melhor assim, mais gostoso, até estremecer e ficar mutilado, perdendo meu sangue dentro dela enquanto ela grita e me aperta e depois cai, filhinho lindo, que coisa mais gostosa, fazia tanto tempo, tanto, e as palavras se dissolvem e se evaporam os cheiros e as curvas se retraem, fico eu, dormindo em cima dela, e ela me diz ao ouvido, como entre sonhos: filhinha, filhinho, suas palavras confundidas com o travesseiro. Não vamos contar para ninguém, olhe que é uma vergonha o que aconteceu comigo, mulher, não seja boba, Manuela, que você ganhou a casa como uma rainha, ganhou a casa para mim, para nós duas. Mas me jure que nunca mais, Japonesa Deus do céu que nojo, jure, sócias, claro, mas aquilo não, nunca mais, porque agora já não existe esse você, esse eu de que agora estou precisando tanto e que gostaria de chamar daqui deste canto do galinheiro, enquanto vejo os dois dançando lá no salão...

...os punhos que não tem só lhe servem para embrulhar-se no pedaço de pano desbotado de seu vestido. Matar Pancho com aquele vestido. Enforcá-lo com ele. Lucy saiu para o quintal como se estivesse à espera daquele momento.

– Psssst.

Olhou para todos os lados.

– Lucy, aqui...

No salão o disco começa de novo, começa de novo.

– O que você está fazendo aí feito galinha choca?

– Vá para o salão.

– Já vou. Tem gente?

– Pancho e Octavio.

A Japonesita e Pancho, que passam dançando diante da porta, despertam o rosto de Lucy.

– Ela está sozinha?

– Vá depressa, estou falando.

Que direito tem a puta de merda da Lucy de criticá-la por esperar escondida no galinheiro? Amanhã vai cobrar dela o dinheiro que ela lhe deve de um vestido, porque estava se fazendo de boba, claro, sabendo como ela gosta de homem, e imagina que só por isso os outros são obrigados a aguentá-la. É uma refugiada como todas as outras. Não tem esse direito. E a Japonesita inclusive... Que direito ela tem? Direito do quê? Papai. Que papai! Não me faça rir, por favor, olhe que estou com os lábios rachados e quando rio eles doem... papai. Me deixe em paz. Papai coisa nenhuma. Manuela, só isso, aquela que é capaz de dançar até de madrugada e fazer uma sala cheia de bêbados morrer de rir e com o riso esquecer as mulheres encatarradas enquanto ela, uma artista, é aplaudida, e a luz explode numa infinidade de estrelas. Não tinha por que pensar no desprezo e nas risadas que conhece tão bem porque são parte da diversão dos homens, é para isso que eles vêm, para desprezar a gente, mas na pista, com uma flor atrás da orelha, velha e tonta como estava, ela era mais mulher do que todas as Lucys e Clotys e Japonesitas da terra... encurvando o torso para trás e franzindo os lábios e sapateando com mais fúria, eles riam mais e a onda de riso a fazia elevar-se no ar, na direção das luzes.

A Japonesita que grite lá dentro. Que aprenda a ser mulher à força, como a gente aprendeu. A festa está boa. Lucy dança com Octavio, mas ela é a única capaz de fazer a festa se transformar numa farra de pai e, senhor meu, ela, porque ela é a Manuela. Embora esteja trêmula aqui na escuridão cercada de bosta de galinha tão velho que nem olfato tem. Aquilo não é mulher. Ela vai mostrar a elas quem ali é mulher e como é ser mulher. Tira a camisa e a dobra sobre o lanço da escada. Os sapatos também... isso, pés descalços como uma verdadeira cigana. Tira também a calça e fica nu no galinheiro, braços cruzados sobre o peito e aquela coisa esquisita pendurada. Enfia o vestido de espanhola pela cabeça e a saia cai em torno dela como um banho de calidez, porque nada é capaz de abrigá-la tão bem quanto aqueles metros e metros de cansado percal rubro. O vestido se encaixa na cintura. Ajeita as pregas que contornam o decote... um pouco de recheio aqui onde não tenho nada. Claro, é que a gente é tão miudinha, a ciganinha, um primor, não passa de uma menininha que vai dançar e por isso não tem seios, assim, quase como um rapazinho, mas ela não, porque é tão feminina, a cintura quebrada e tudo... Manuela sorri na escuridão do galinheiro enquanto posiciona atrás da orelha a papoula de gaze que Lucy lhe emprestou. Faça o que quiser com a Japonesita. Afinal, ela não tem nada a ver com o assunto. Ela é simplesmente a grande artista que foi à casa da Japonesita apresentar seu número, louca, louca, quer se divertir, sente as mãos pesadas de Pancho apalpando-a naquela noite como quem não quer nada quando ninguém está olhando, amassos, isso mesmo, amassos e dos bons. Que façam o que quiserem com ela, trinta homens. Ah, se tivesse outra idade para aguentar. Mas não. As gengivas doem. E as juntas, ai, como doem as juntas e os ossos e os joelhos de manhã, que vontade de ficar para sempre na cama, para sempre, com alguém cuidando de mim. Tomara que esta noite a Japonesita se decida. O Pancho que tome conta dela. Que faça o sangue pálido da Japonesita circular por aquele corpo de frango depenado, sem penugem nenhuma nos lugares onde deveria ter porque ela já está crescida, coitada, não sabe o que está perdendo, as mãos do Pancho apertando minha linda, não seja idiota, não perca a vida, e eu que sou sua amiga, eu, Manuela, vou dançar para que tudo seja alegre como tem de ser e não triste como você porque você fica contando os pesos e não gasta nada... e esta flor no meu cabelo. Manuela avança pelo quintal ajeitando o vestido. Tão magra, meu Deus, ninguém vai gostar de mim, principalmente porque meu vestido está todo enlameado e meus pés estão enlameados e tira uma folha de parreira que grudou no barro do calcanhar e avança para a luz e antes de entrar escuta escondida atrás da porta enquanto se persigna como fazem as grandes artistas antes de sair para a luz.

X

Na granja El Olivo ofereciam a *don* Céspedes todo o vinho que ele quisesse, tome, *don* Céspedes que é para isso que ele serve, repetia o patrão, mas *don* Céspedes era sóbrio. Um copinho às vezes antes de se deitar para dormir no amontoado de sacas, entre os barris de madeira curada por colheitas e mais colheitas de vinho. Era do mesmo vinho que o patrão vendia à Japonesita a preço de custo, por pura amizade e para que a coitada da garota tivesse algum lucro, mas a ninguém mais, nem que lhe implorassem. Às vezes, muito tarde da noite, quando *don* Céspedes não conseguia dormir por causa das dores que já não abandonavam alguma região de seu corpo, calçava suas *ojotas* e jogando a manta sobre os ombros atravessava o vinhedo, cruzava o Canal de los Palos pelo tronco caído de um salgueiro, ultrapassava o limite de sarçamora e alambrado por aberturas que só ele conhecia, e chegava à casa da Japonesita, onde se instalava silencioso numa das mesas encostadas à parede para tomar uma jarra de vinho tinto, daquele mesmo que tinha ao alcance da mão no depósito.

Octavio o viu entrar. A Japonesita não queria dançar com ele, de modo que enquanto esperava que Lucy e Pancho terminassem sua dança chamou *don* Céspedes, que se transferiu para sua mesa. Octavio ia perguntar alguma coisa ao velho, mas não o fez porque o viu enrijecer em sua cadeira, olhando fixamente para um ponto preciso na escuridão, como se aquele ponto contivesse o plano detalhado da noite inteira.

– Os cachorros...

– O que o senhor está dizendo, *don* Céspedes?

– Que soltaram os cachorros no parreiral.

Ficaram escutando.

– Não estou ouvindo nada.

– Nem eu.

– Mas eles estão em movimento. Eu os sinto. Agora estão correndo para o norte, para o potreiro dos Largos, onde estão as vacas... e agora...

Um bando de quero-queros passou por cima do povoado.

– ...e agora vêm correndo para cá, para a Estação.

A Japonesita e Octavio procuraram penetrar a noite com sua atenção, mas não conseguiram transpassar a canção estridente para chegar ao campo e recolher dali a minúcia dos ruídos e o sopro das distâncias. Octavio se serviu de um copo de vinho.

– E quem soltou os cachorros?

– *Don* Alejandro. Ele é o único que solta os cachorros.

– E por quê?

– Quando ele está esquisito... e esta noite ele estava esquisito. Me disse que ia morrer, quando foi conversar comigo no galpão esta noite. Disse que um médico tinha dito a ele. Falou coisas estranhas... que depois dele não restaria mais nada porque todos os seus projetos haviam fracassado...

– Sujeito ganancioso... Se ele, que é milionário, é fracassado, o que fica para nós, os pobres?

– Aposto que ele está andando pelo parreiral com os cachorros.

– E para que ele solta os cachorros se não restou um único cacho depois da vindima e ninguém vai ficar entrando na granja?

– Sabe lá. Às vezes entram para outras coisas.

– Para quê?

– É preciso muito cuidado com aqueles cachorros. São traiçoeiros. Mas a mim eles não mordem... Para que vão ficar me mordendo quando nem carne tenho mais?

Cinzento do outro lado da chama de carbureto, fechado como alguém a quem nada mais pode acontecer, a Japonesita achou-o invejável em sua imunidade. Nem os cachorros o mordiam. Sem dúvida nem as pulgas de seu enxergão o picavam. Alguém disse uma vez que *don* Céspedes nem comer comia mais, que as empregadas da casa de *don* Alejo de vez em quando se lembravam de sua existência e o procuravam por toda parte, pelos depósitos e galpões, e levavam para ele um pão ou um queijo ou um prato de comida quente, que ele aceitava. Mas depois tornavam a esquecer-se dele e sabe lá com quê o pobre velho se alimentava, dormindo sobre suas sacas em qualquer lugar dentro dos depósitos, perdido entre os arados e as máquinas e os fardos de palha e trevo, no alto de um montão de batatas.

Pancho e Lucy sentaram-se à mesa.

– Isto está parecendo um velório...

Ninguém respondeu.

– Pois se anime, compadre, senão vou lhe roubar a Lucy...

E olhou para a Japonesita para ver como ela reagia: estava olhando para o mesmo ponto da escuridão para onde *don* Céspedes havia olhado. Apalpou um de seus peitos, pequeno demais, como uma pera chocha, dessas sem perfume, intragáveis, que se encontram debaixo das árvores. Mas os olhos. Retirou a mão e ficou olhando. Duas redomas iluminadas por dentro. Cada olho brilhava inteiro engolido pela íris translúcida e Pancho sentiu que se se inclinasse sobre eles poderia ver, como num aquário, os jardins submersos do interior da Japonesita. Não era agradável. Era estranho. Se fosse por ele, largava-a ali mesmo. Mas por que haveria de largá-la? Porque o velho mandou, porque *don* Alejo o avisara para não chegar perto dela? Mas se não somos bandidos, *don* Alejo, somos como o senhor, de modo que não olhe para nós com tanta altivez, não vá pensar...

– Vamos dançar, filha?

Lucy fechou os olhos e tornou a abri-los, mas ao abri-los novamente não sabia quanto tempo havia se passado desde o momento em que os fechara nem em que pedaço do tempo imenso, espichado, estava emergindo agora. Passou um bando de quero-queros. Outra vez? Ou era parte da mesma vez que pensara ouvir pouco antes? Os latidos

dos cachorros, alguns próximos, outros muito distantes, desenhavam as distâncias do campo na noite. Um cavaleiro passou galopando por uma estrada, e de repente Lucy, que tentava ouvir apenas o bolero da vitrola, se emaranhou na angústia de não saber quem era aquele cavaleiro nem de onde ele vinha nem para onde ia e quanto tempo duraria aquele galope agora tênue, muito tênue, mas sempre galopando para o interior de seus ouvidos, até ficar cravado ali. Sorriu para Octavio porque viu que ele estava incomodado.

– Nossa, quanto tédio...

Don Céspedes bocejou e depois ficou escutando.

– Esse é o Sultán...

– E como o senhor reconhece cada cachorro?

– Eu crio esses cachorros para *don* Alejo e conheço eles desde pequenos. Desde o nascimento. De verdade. Quando *don* Alejo vê que algum de seus cachorros pretos está mal, que está ficando mole ou muito manso, ou que começa a mancar de uma das patas, eu e *don* Alejo nos trancamos com o cachorro e ele mata o animal com um tiro... eu seguro o cachorro para que o tiro pegue direito, depois enterro. E quando a cadela que temos trancada no fundo da horta entra no cio, damos *yohimbina*[9] aos cachorros e nos trancamos de novo, *don* Alejo e eu, com eles no galpão, e as feras lutam pela cadela, ficam loucos, às vezes se machucam até montá-la, e assunto resolvido. Ficam só os melhores filhotes, e no

9 Suplemento alimentar fitoterápico às vezes empregado como estimulante sexual. [N.T.]

caso de ele haver matado um dos grandes fica só com um, os outros eu jogo no Canal de Los Palos num saco. Quatro, ele gosta de ter sempre quatro. A senhora Blanca fica brava porque fazemos isso, diz que não é natural, mas o senhor ri e diz a ela que não se meta em assuntos de homem. E os cachorros, embora sejam outros, têm sempre o mesmo nome, Negus, Sultán, Moro, Otelo, sempre os mesmos desde os tempos em que *don* Alejo era pequenino, desde que era deste tamanho, sempre perfeitos, os quatro cachorros de *don* Alejandro, ele gosta que sejam ferozes, do contrário, mata. E agora ele soltou os quatro no parreiral. Claro, o senhor andava triste...

Enquanto *don* Céspedes falava, Pancho e a Japonesita sentaram-se e ficaram ouvindo o que ele dizia.

– O que tem a ver, se ele anda triste?

– É que ele vai morrer...

– Sabe-se lá quando isso vai acontecer, em se tratando de *don* Alejo...!

Sabe-se lá quando. Sabe-se lá quando. Que morresse. Ele não estava nem aí, podiam ir à merda ele e a digníssima esposa. Então ele e seu compadre não podiam se divertir um pouco um dia que fosse sem ouvir o nome de *don* Alejo, *don* Alejo? *Doña* Blanca que fosse à merda, *doña* Blanca, que o ensinara a ler e que às vezes lhe dava puxa-puxas que guardava na despensa numa lata de chá Mazawatte. Aquela despensa. Fileira após fileira de frascos de marmelada com etiquetas brancas escritas com aquela letra pontuda de colégio de freira com que ele, Pancho Vega, continuava escrevendo até a presente data – Ameixa – Pêssego – Damasco – Framboesa – Ginja – e os frascos cheios de peras em conserva e cerejas em aguardente e os damascos flutuando na calda amarela. E mais adiante as fileiras de moldes de louça branca em forma de castelo: de marmelo ou de maçã, e Moniquita sempre ganhava a torre do castelo, onde o doce era liso e brilhante. Eles que fossem à merda. A mão de Pancho subia pela perna da Japonesita e ninguém dizia nem uma palavra enquanto os ouvidos de Lucy revistavam a noite para encontrar outro cavaleiro que renovasse seu medo. Ele pagara toda a sua dívida e o caminhão agora era dele. Seu caminhão vermelho. Acariciar seu caminhão vermelho e não a Japonesita com seu cheiro de roupa, e aquela buzina rouca o bi-bi fala igual a papai, dizia Normita. Dele, o caminhão. Mais que a mulher. Que a filha. Se quisesse, podia correr com ele pela estrada longitudinal que era reta como uma faca, esta noite por exemplo, podia correr com ele feito um condenado, tocando a buzina para tudo que aparecesse, pisando lentamente no acelerador para penetrar até o fundo da noite e de repente, porque sim, porque *don* Alejo já não tinha como controlá-lo, viraria o volante um pouquinho mais, inclinando um pouco as mãos, só o suficiente para que o caminhão saia da estrada, pule e capote e fique como um borrão de ferros fumegantes e silenciosos à beira do caminho. Se eu quiser. Se me der na telha, e não devo explicações a ninguém. A perna da Japonesita começou a esquentar debaixo de sua mão.

A Japonesita estava tomando um copo de vinho. Esperou Lucy ir dançar com Octavio para empiná-lo inteiro, como às escondidas. Vinho. Todos os homens que iam a seu estabelecimento cheiravam a vinho e todas as coisas tinham gosto de vinho. E durante a vindima o cheiro de vinho invadia o povoado inteiro e depois, durante o resto do ano, ficavam os montões de bagaço apodrecendo nas portas dos depósitos. Nojo. Ela tem aquele mesmo cheiro de vinho, como os homens, como as putas, como o povoado. Tão pouco a fazer além de tomar vinho. Como Cloty, que quando não tinha clientes lhe dizia ei, Japonesita, anote outra garrafa de vinho para mim do mais baratinho, e se enfiava na cama e bebia e bebia até que na manhã seguinte estava um desastre, trabalhando como uma mula desde cedo, nariz vermelho e estômago virado. Mas nunca senti cheiro de vinho em minha mãe. E a Japonesa Grande era boa de copo, até as pedras sabiam disso. Tinha cheiro de sabonete Flores de Pravia mesmo que tivesse bebido litros de vinho no salão, e aí minha mãe pegava fogo feito uma tocha e não havia quem a fizesse parar de falar e rir e dançar. Como será que ela fazia aquilo? Seu calor enchia a cama quando desabava na cama e ela tinha de despi-la, ela ou Manuela. Até a sepultura onde a deitaram no cemitério de San Alfonso devia estar quente e ela nunca mais tornaria a sentir aquele calor. Só a mão de Pancho abandonada sobre sua coxa porque ele estava caindo no sono enquanto olhava Lucy dançar colada em Octavio. Mas Pancho estava bêbado. Como todos os homens que via naquela casa desde que nascera. E brincara entre pernas de calças debaixo das mesas enquanto eles bebiam, ouvindo impropérios e sentindo o cheiro de seus vômitos no quintal, brincando entre os lençóis sujos empilhados ao lado da artesa, aqueles lençóis em que aqueles homens tinham dormido com aquelas mulheres. Mas se a mão de Pancho era capaz de incendiá-la como a sua mãe, então ele poderia ficar descansado, dissera-lhe seu pai. Quem era aquela sombra que contava os pesos para nada? Era o que lhe dizia a mão que avançava por sua coxa, porque agora ela não sentia medo daquela mão e isso lhe dissera Manuela, perguntara-lhe quem é você, e a mão que subia por sua coxa enquanto o homem a quem a mão pertencia bocejava podia dar-lhe a resposta, aquela mão que era a repetição da mão dos homens que sempre tinham vindo àquela casa, queria incendiá-la, aquele polegar rombo de unha roída, sim, eu os vi, aqueles dedos cobertos de pelos e a unha quadrada avançando e ela não queria mas agora sim, sim, para saber quem você é, Japonesita, agora você vai saber e aquela mão e aquele calor de seu corpo pesado e aí, mesmo que ele vá embora, restará alguma coisa desta noite...

– Nossa que tédio que está isto aqui...

Depois viu o velho ali na frente.

– Não é mesmo, *don* Céspedes?

Ele sorriu.

– Ouça, Octavio, vamos para outro lugar...

Don Céspedes perguntou:

– Por quê?

– Aqui está sem clima.

Só então se deu conta de que Octavio não estava mais no salão.

– Que fim levou meu compadre?

– Faz tempo que ele foi lá para dentro com a Lucy.

Então ele sentou a Japonesita no colo.

– Podia ser pior.

Mas como ela ficou rígida, Pancho lhe deu um tranco que quase a derruba.

– Estou invocado.

Começou a circular entre as mesas.

– Puteiro de merda! Nem putas tem. E as outras meninas? Vitrola muda. Nada para encher o bucho. Olha só. Pão: velho. Frios... Agh, meio podres. E isto aqui? Doces cobertos de moscas do tempo da minha avó. Pô, Japonesita, pelo menos dance comigo. Fique pelada. Que nada, você é mais dura que cabo de vassoura, que dançar que nada. Não é como sua mãe, gordona mas muito graciosa. E dizem que como a Manuela...

Os mesmos olhos. Lembrava-se do ano anterior dos olhos de Manuela olhando para ele e ele olhando para os olhos aterrorizados, iluminados entre suas mãos que apertavam o pescoço dela e os olhos a olhá-lo como redomas lúcidas com a certeza de que ele ia afogar aquela paisagem de terror nas marés de dentro. Ficou imóvel.

– E a Manuela?

A Japonesita não respondeu.

– E a Manuela, estou perguntando?

– Meu pai está deitado.

– Chame.

– Ele não pode. Está doente.

Agarrou-a pelos ombros e a sacudiu.

– Que doente nada! Aquela puta velha! Você acha que vim aqui para ver sua cara de coelho resfriado? Não, vim ver a Manuela, é para isso que estou aqui. Já falei. Vá chamar a Manuela. Diga para ela vir dançar para mim.

– Me solte.

Pancho estava com as sobrancelhas franzidas, os olhos cabeludos, confundidos, vermelhos, quase cegos de raiva. Diga para ela vir aqui. Quero rir. Não é possível que tudo seja triste desse jeito, este povoado que *don* Alejo vai demolir e depois arar, cercado pelos parreirais que vão engolir tudo, e esta noite vou ter que dormir em casa com minha mulher e não quero, quero me divertir, aquela bicha da Manuela que venha nos salvar, tem que haver alguma coisa que não seja isto, ela que venha.

– Manuela...

– Grosso. Me largue.

– Ela que venha, já falei.

– Já expliquei que meu pai não pode.

– Seu pai é *don* Alejo. Seu e meu.

Mas viu os olhos dela.

– Não é verdade. Seu pai é a Manuela.

– Não chame meu pai de a Manuela.

Pancho soltou uma gargalhada.

– A esta altura, filha?

– Não chame meu pai de a Manuela.

XI

– Por que não?

Avançou para o centro do salão.

– Toquem “El relicario”, crianças.

Com a cintura quebrada, um braço para cima, estalando os dedos, circulou no espaço vazio do centro, perseguida por sua cauda vermelha rasgada em tiras e salpicada de barro. Aplaudindo, Pancho se aproximou para tentar beijá-la e abraçá-la, rindo às gargalhadas daquela louca mambembe, daquela bicha enrugada feito uma uva-passa, gritando que isso mesmo, minha alma, agora sim a festa ia começar de verdade... Mas Manuela escapulia, estalando os dedos, circulando orgulhosa entre as mesas antes de entregar-se à dança. A Japonesita se aproximou para tentar impedi-lo de dançar. Antes que Pancho a afastasse com uma tapona, conseguiu murmurar:

– Vão lá para dentro...

– Ai, garota chata, até quando vou precisar te aguentar? Entre você, se quiser. Não é mesmo, Pancho? Você está estragando a festa.

– Isso mesmo, saia...

E se deixou cair numa cadeira. Dali Pancho continuou gritando que agora sim a coisa ia ficar boa, que por que o lugar estava tão vazio, que trouxessem vinho, empadas, carne, tudo que houvesse, que ele pagava tudo para comemorar... Lucy, filha, venha sentar aqui e o senhor compadre onde havia se enfiado que me deixou sozinho neste velório venha para cá e *don* Céspedes não tenha medo olhe que lá tão longe vai ficar com frio e apareceu uma puta atraída pela barulheira e se sentou sozinha em outra mesa e aumentou a chama da lamparina e Cloty foi para perto da vitrola para trocar os discos olhando Manuela com olhos que saltavam para fora da cara.

– Meu Deus do céu, olhem só essa veterana...

Em Talca tinha ouvido falar daquelas danças da Manuela, mas como ia acreditar numa coisa assim, tão velha que estava a louca. Tinha vontade de assistir. Acenderam as lamparinas nas mesas em torno da pista e aí Pancho viu finalmente os olhos de Manuela todos iluminados, redomas, do jeito que se lembrava deles entre suas mãos e os olhos da Japonesita todos iluminados e entornou um gole longo, o mais longo da noite porque não queria ver e serviu mais vinho a Pancho, e a Lucy, beba todo mundo, quem paga sou eu. Segurou a cabeça de Manuela e obrigou-a a tomar um gole tão longo quanto o seu e Manuela limpou a boca com o dorso da mão. Lucy caiu no sono. *Don* Céspedes olhava para Manuela como se não a visse.

– Dê-lhe, Manuelita da minha alma, dê-lhe... quero uma bela festa de despedida. E vocês vão ser apagados, vocês todos, assim *fssssss*... com um sopro, vocês sabem quem vai fazer isso. *Don* Céspedes, o senhor sabe que *don* Alejo vai apagar todos esses cagões simplesmente porque deu na cabeça de Sua Majestade...

Nos campos que cercavam o povoado, as linhas do parreiral, naquela noite sob o luar, eram perfeitas: *don* Céspedes, com os olhos abertos, podia vê-las. Os vincos regulares, o posicionamento do casario de paredões em ruínas, a desordem daquele lugar que as vinhas apagariam – e aquela casa, aquele minúsculo ponto onde eles, juntos, golpeavam a noite como uma pedra: Manuela com seu vestido incandescente no centro tem de diverti-los e matar aquele tempo perigoso e vivo que queria engoli-los, Manuela enlouquecida na pista, aplaudam. Marcam o ritmo com os saltos de seus sapatos no chão de terra, golpeiam com as mãos as mesas bambas onde as lamparinas vacilam. Cloty troca o disco.

Pancho, de repente, ficou calado olhando para Manuela. Para aquilo que dança ali no centro, estragado, enlouquecido, com a respiração irregular, cheio de crateras, vácuos, sombras alquebradas, aquilo que vai morrer apesar das exclamações que profere, aquela coisa incrivelmente asquerosa e que incrivelmente é festa, aquilo está dançando para ele, ele sabe que deseja tocá-lo e acariciá-lo, deseja que aquelas contorsões não se deem só naquele centro, mas de encontro a sua pele, e Pancho se deixa olhar e acariciar de longe... a bicha velha que dança para ele e ele se deixa dançar e que já não provoca o riso porque é como se ele também estivesse desejando. Octavio que não saiba. Que não perceba. Que ninguém perceba. Que não o vejam deixando-se tocar e golpear pelas contorsões e as mãos histéricas de Manuela que não o tocam, deixando-se, sim, mas daqui da cadeira onde está sentado ninguém vê o que se passa debaixo da mesa, mas que não pode ser não pode ser e agarra uma mão adormecida de Lucy e a coloca ali, onde queima. A dança de Manuela o golpeia e ele quisera agarrá-la assim, assim, até quebrá-la, aquele corpo que começa a exalar seu odor agitando-se em seus braços e eu com Manuela que se agita, apertando para que não se mexa tanto, para que fique sossegada, apertando-a, até que olhe para mim com aqueles olhos de redoma aterrorizados e enfiando minhas mãos em suas vísceras viscosas e quentes para brincar com elas, deixá-la ali estendida, inofensiva, morta: uma coisa.

Então Pancho riu. Se era homem, tinha de ser capaz de sentir tudo, mesmo aquilo, e ninguém, nem Octavio nem nenhum de seus amigos, estranharia. Aquilo era festa. Farra. Já conhecera muitos veados de puteiro pela vida afora para se assustar com aquela velha ridícula, e sempre se apaixonavam por ele – passou a mão nos bíceps, nos pelos ásperos que cresciam na abertura de sua camisa no pescoço. Sob a mão de Lucy havia se acalmado.

A música se interrompeu.

– A vitrola quebrou.

Octavio foi ver se consertava. Num instante desmontou o aparelho no balcão, enquanto Lucy e a Japonesita olhavam. Pelo jeito não voltaria a funcionar. Manuela, sentada no colo de Pancho, deu-lhe um copo de vinho. Implorava que saíssem dali, não, não, que os três fossem continuar a festa em outro lugar. O que estavam fazendo ali? Perdendo tempo, se entediando, comendo e bebendo mal. Até a vitrola tinha quebrado e quem sabe se alguém um dia haveria de conseguir consertá-la. Nem fabricam mais esses aparelhos antediluvianos, vamos embora, por favor, vamos embora. Podiam sair no caminhão e continuar a festa em qualquer lugar, num instante estariam em Talca e lá, na casa da Pecho de Palo, era festa a noite inteira todas as noites... isso, vamos, filho, me leve que estou com o diabo no corpo. Estou morrendo de tédio neste povoado e não quero morrer debaixo de uma parede de adobe desmoronada, tenho o direito de ver um pouco de luz, eu que nunca saí deste buraco, porque me enganaram para que eu não saísse daqui dizendo que a Japonesita é minha filha, e você está vendo, que filha que nada, eu e a Japonesita somos quase da mesma idade, duas meninas. Me leve daqui. Dizem que na casa da Pecho de Palo assam uma carne neste horário e sempre têm alguma coisa boa para comer, tem até pato quando os clientes pedem, e tem cantoras, não sei se as irmãs Farías, acho que não, porque já estariam mais velhas que eu, outras, mas dá no mesmo, tão animadas que eram, na harpa e no violão, aquelas irmãs Farías, que repousem em paz. Vamos, vamos, me leve, olhe que essa garota malvada está dizendo para todo mundo que é minha filha para me obrigar a ficar, se você visse como ela me trata, como se eu fosse uma empregadinha, sendo que sou mãe dela, e só me deixa sair para ir à missa ou à casa da Ludo. Quero ir embora com vocês, meninos, para continuar a festa em outro lugar por aí onde esteja divertido e a gente possa rir um pouco...

– Está ferrada.

– O que houve com ela?

– A mola quebrou.

– Ouça, compadre, deixe isso e vamos para outro lugar.

– Para onde?

– Olhe *don* Céspedes, parece uma múmia. Acorde, velho.

– Vamos para a Pecho de Palo...

Discutiram um momento e pagaram a Japonesita.

– Aonde vocês vão?

– Não é da sua conta, peixe morto.

– Aonde você vai, papai?

– Está falando com quem?

– Não se faça de bobo.

– Quem é você para me controlar?

– Sua filha.

Manuela viu que a Japonesita falou com maldade, para estragar tudo e para refrescar a memória dos outros. Mas olhou para Pancho e, juntos, soltaram gargalhadas que quase apagaram as lamparinas.

– Claro, sou sua mãe.

– Não, meu pai.

Mas já iam saindo, Manuela, Pancho e Octavio, abraçados e aplicando calços uns nos outros. Manuela cantava "El relicario", os outros faziam coro. A noite estava tão clara que as paredes projetavam sombras perfeitamente nítidas sobre as poças de água. O matagal crescia ao longo da rua e as folhas sempre repetidas das sarçamoras cobriam as massas das coisas com seu grafismo preciso, obsessivo, maníaco, repetido, minucioso. Andaram até o caminhão estacionado na esquina. Iam cada um a um lado de Manuela, segurando sua cintura. Manuela se inclinou para Pancho e tentou beijá-lo na boca, rindo. Octavio viu e largou Manuela.

– Que é isso, compadre, não seja maricas você também...

Pancho também largou Manuela.

– Mas eu não fiz nada...

– Não me venha com conversa, que eu vi...

Pancho ficou com medo.

– O senhor acha que vou deixar esse veado nojento me beijar? Está louco, compadre? Imagine se vou permitir que ele faça uma coisa dessas. Diga, Manuela, você me beijou?

Manuela não respondeu. Era sempre a mesma coisa quando havia um homem tolo como aquele tal Octavio, desgraçado, o que ele tinha a ver com a coisa, seria melhor que se mandasse. Octavio começou a provocá-lo.

– Qual é, sua bicha, responda.

Pancho se perfilou ameaçador na frente de Manuela.

– E então?

Estava com o punho fechado.

– Não sejam bobos, meninos, vamos em frente com a farra.

– Beijou ou não beijou?

– Só de brincadeira.

Pancho deu um soco na cara dele enquanto Octavio segurava. Não foi um golpe certeiro porque Pancho estava bêbado. Manuela olhava para todos os lados calculando o momento de fugir.

– Uma coisa é cair na farra e bagunçar, outra é sair beijando na boca...

– Pare. Isso dói...

Imóvel no meio da rua enquanto Octavio a paralisava torcendo seu braço, Manuela acordou. Não era mais Manuela. Era ele. Manuel González Astica. Ele. E como era ele iam machucá-lo e Manuel González Astica entrou em pânico.

Pancho lhe deu um empurrão que o fez cambalear. Octavio, ao soltá-lo, deu-lhe um calço e caiu no lodo, enquanto Pancho se inclinava para ajudá-lo a se erguer. E Manuela, recolhendo as saias até a cintura, fugiu correndo para o lado da estação. Como conhecia a rua muito bem, evitava os buracos e as pedras, enquanto os perseguidores tropeçavam a cada passo. Talvez o perdessem de vista. Tinha de correr até lá, até a estação, até a granja El Olivo, porque do outro lado do limite da granja esperava-o *don* Alejo, que era a única pessoa que poderia salvá-lo. O soco no rosto estava doendo, os tornozelos frágeis, os pés descalços que se cortavam nas pedras ou num caco de vidro ou num pedaço de lata, mas precisava continuar correndo porque *don* Alejo lhe prometera que ia dar tudo certo, que era do interesse dele, que nunca mais iria sentir o peso que sentia antes caso ficasse aqui onde ele estava, era promessa, quase juramento, e ele havia ficado, e agora vinham atrás dele para matá-lo. *Don* Alejo, *don* Alejo. Ele pode me ajudar. Uma palavra dele basta para que esses desgraçados criem juízo porque é só de mim que eles têm medo. Para a granja El Olivo. Atravessar o parreiral como *don* Céspedes e dizer a ele que esses homens malvados primeiro se aproveitam da gente e depois... Dizer-lhe por favor me defenda do medo, o senhor me prometeu que nunca ia acontecer nada comigo, que sempre ia me proteger, por isso fiquei neste povoado e agora o senhor precisa cumprir sua promessa de me proteger e cuidar de mim e me consolar, até hoje eu nunca havia pedido nem cobrado sua palavra, mas agora sim, só o senhor, só o senhor... não se faça de surdo, *don* Alejo, agora que querem me matar e que vou correndo em busca do que o senhor me prometeu... por aqui, pela sarça atrás do galpão como uma raposa para que *don* Alejo que tem uma escopeta me defenda. O senhor pode matar esses dois desgraçados sem que ninguém diga nada, afinal de contas o senhor é o dono e pode tudo e depois se entende com os carabineiros.

Atravessa o alambrado coberto de sarçamora sem ver que as farpas destroçam seu vestido. E se acocorou do outro lado, ao lado do canal. Do lado de lá está o parreiral: a água suja da corrente o separa da ordem das vinhas. Precisa atravessar. *Don* Alejo o espera. As casas de El Olivo cercadas de azinheiras com um pinheiro alto como um campanário no ponto de convergência das vinhas, esperando por ele, *don* Alejo esperando por ele com seus olhos azul-claros. Precisa descansar um pouco. Presta atenção. Ninguém atrás dele. Não consegue continuar. Joga-se na relva. Nada, nem um ruído: até os ruídos naturais da noite se detiveram. Manuela está ofegante, você não tem mais idade para essas correrias, lhe diria Ludovinia, e era verdade, verdade porque tudo lhe dói – ai, as costas, como doem, e as pernas e de repente o frio da noite inteira, das folhas e da relva e da água a seus pés, se pelo menos conseguisse atravessar aquele rio, mas como, como se mal consegue se mexer, esparramado no chão.

– Filhinha linda...

– Agora sim que você vai ver.

– Não... não...

Não conseguiu se mover antes que os homens surgidos da sarçamora se lançassem sobre ele como uns famintos. Octavio, ou talvez fosse Pancho o primeiro, golpeando-o com os punhos... talvez não fossem eles, mas outros homens que ultrapassaram a sarçamora e o encontraram e se jogaram para cima dele e lhe deram chutes e bateram nele e torceram seu corpo, arfando em cima dele, os corpos quentes contorcendo-se sobre Manuela que já não conseguia nem gritar, os corpos pesados, rígidos, os três uma só massa viscosa contorcendo-se como um animal fantástico de três cabeças e múltiplas extremidades feridas e ferindo, unidos os três pelo vômito e pelo calor e pela dor ali na relva, procurando o culpado, castigando-o, castigando-a, castigando-se deleitados até no fundo da confusão dolorosa, o corpo frágil de Manuela que não resiste mais, quebra sob o peso, já não consegue nem uivar de dor, bocas quentes, bocas quentes, mãos quentes, corpos babosos e duros ferindo o seu e que riem e que insultam e que procuram partir e quebrar e destroçar e reconhecer aquele monstro de três corpos contorcendo-se, até que não resta mais nada e Manuela mal vê, mal ouve, mal sente, vê, não, não vê, e eles escapam através dos arbustos e fica ela sozinha na beira do rio que a separa dos parreirais onde *don* Alejo espera benevolente.

XII

– Esse é o Sultán.

Depois outro latido mais longe.

– Esse é o Moro. Ele gosta de ficar estendido à noite perto da parede da ferraria, que esquenta com o sol e guarda o calor... mas hoje não houve sol. Quem sabe por que razão o Moro está andando por lá.

A Japonesita se sentara na frente de *don* Céspedes do outro lado da chama de carbureto que estava minguando. Diminuiu-a até deixá-la transformada num mero ponto no bico da lamparina. Ela também ouvia os cachorros. Na noite anterior ela e Manuela haviam escutado os cachorros e quase não haviam conseguido dormir, mas agora era diferente. É que depois da chuva o céu se abrira sobre a lua redonda e os cachorros uivavam para ela interminavelmente, como se falassem com ela ou lhe pedissem alguma coisa ou cantassem para ela, e como a lua não os ouvia porque estava longe demais os cachorros de *don* Alejo continuavam uivando.

– Esse é o Sultán de novo.

Todos tinham ido se deitar. Cloty deixara a vitrola na mesa diante de *don* Céspedes, que continuou desaparafusando, abrindo, cortando com uma faca de cozinha com cabo de madeira engordurada. Já não fabricam peças para esse tipo de aparelho. Melhor você jogar no canal. Não serve para nada.

– Mas não podemos ficar sem vitrola.

– Falta pouco para instalarem a eletricidade.

– Não vão mais instalar. Hoje *don* Alejo veio me dizer.

Don Céspedes afundou na cadeira, mais miúdo que nunca. Empurrou para um lado a desordem de rodelinhas gastas, parafusos, porcas, arruelas e puxou o copo. Estava quase vazio. Não mais que dois dedos rubros, no fundo, em que a chama da lamparina se multiplicava.

– Parece um daqueles negócios que a gente vê nas igrejas.

– Que negócios, filha?

– Aqueles negócios vermelhos com uma luz dentro.

Melhor voltar para a granja. *Don* Céspedes engoliu a gota. Já estava tarde. Ou talvez não, porque o tempo tinha aquela estranha faculdade de prolongar-se, hoje parecia curto, amanhã longuíssimo, e a pessoa nunca sabia em que parte da noite se encontrava.

– Amanhã vou a Talca comprar outra.

– Outra o quê?

– Outra vitrola. Numa dessas lojas onde vendem artigos de segunda mão, porque nos comércios do centro não vou encontrar dessas vitrolas de manivela. Esta era da minha mãe. Sei onde há uma loja onde vendem coisas de segunda mão e que não é nem um pouco careira. O dono, um senhor distinto, acho que alguém veio com ele aqui em casa uma noite. Vamos ver se ele me faz um desconto.

– O Negus... não, o Otelo...

Ficaram escutando. Agora a Japonesita não teve dificuldade para desenhar o campo inteiro em sua imaginação, como se de repente tivesse adquirido, tal como *don* Céspedes, a faculdade de desdobrar aquele campo como se ele fosse um tapete para ocupá-lo inteiro por dentro.

– Esta noite eles estão inquietos.

É que tem lua, disse a Japonesita para si mesma, ou quem sabe disse em voz alta, ou talvez *don* Céspedes, inclinado sobre o braseiro, foi quem falou, ou talvez ele tivesse apenas pensado e ela sentido.

– E por que eles soltam os cachorros?

– É que o patrão anda esquisito. Na noite passada não se deitou. Ficou a noite inteira andando pela varanda e debaixo da azinheira. Fiquei olhando para ele do galpão caso acontecesse alguma coisa com ele, você sabe como as pessoas são malvadas, e tem tanta gente que detesta o patrão. Fiquei ali sem que ele me visse, e ele andando e andando e andando, olhando tudo como se quisesse gravar as coisas na cabeça, como se estivesse com fome, eu diria, até que quando o dia ia começar a clarear apareceu Misia Blanca e perguntou a ele por que você não vem para a cama e então, antes de segui-la, ele soltou os cachorros no parreiral.

– Isso. Foi de manhãzinha que eles começaram a latir.

– Sabe lá o que está se passando com ele...

– Deve estar preocupado com as pessoas desaforadas como o Pancho...

– Não, isso foi ontem.

– Dá no mesmo. As pessoas não são mais como eram.

– Não. Está tudo diferente.

O velho bocejou. A Japonesita bocejou. Amanhã teria de ir a Talca. Como todas as segundas-feiras. Agora não tinha mais a possibilidade de imaginar coisas com a *jukebox*. Melhor assim. Ser como *don* Céspedes, que não tinha nenhuma fantasia, vigiando para o caso de acontecer alguma coisa, atento, escondido na sombra. Atenta, só isso, mas nada de *jukebox*. Só a vitrola de segunda mão para substituir esta que Pancho Vega escangalhou. Não, não foi Pancho. Ele tinha ido embora. Nunca mais voltaria. Menos mal: deixava pura tranquilidade, nenhuma esperança, que era melhor que tranquilidade, aqui na Estação El Olivo, enquanto não passassem o arado por cima de todo o povoado. Menos sua casa. Porque *don* Alejo podia dizer o que quisesse que ela não ia vender. Não ia. Ele que fizesse o que lhe desse na telha com o resto do povoado, mas eu fico aqui, aqui mesmo onde estou. Mesmo que viessem cada vez menos clientes e tudo chegasse ao fim. As coisas que acabam dão paz e as coisas que não mudam começam a chegar ao fim, estão sempre chegando ao fim. O terrível é a esperança. Vou a Talca como todas as segundas-feiras fazer meu depósito no banco. E vou voltar depois do almoço com as compras para a semana, o de sempre, açúcar, mate, macarrão, sal, pimentão vermelho, o de sempre.

Don Céspedes está de pé, escutando. A Japonesita recolhia os parafusos, as rodelinhas, a mola quebrada e amarrou tudo dentro de seu lenço para guardar. Quem sabe algum dia tivessem alguma utilidade...

– Preciso ir.

– Por quê?

– Preciso dar uma olhada. Estão latindo muito.

A Japonesita sorriu.

– Quanto é?

– Trezentos.

Don Céspedes pagou. Ela guardou o dinheiro. Ela sabia tudo, via tudo, tudo o que precisava ver e saber. Aquela casa. Nas paredes de adobe pardo as aranhas faziam ninhos em buraquinhos forrados por uma baba esbranquiçada.

– E Manuela?

A Japonesita deu de ombros.

– Não vai acontecer nada com ele?

– Acontecer o quê?

– Ele está velho.

Velho ele está, mas cada dia mais interessado em farra. Não viu como ele saiu com Pancho e com Octavio? Entrou em clima de festa. Ficou com o diabo no corpo. Conheço ele. Já aprontou outras vezes comigo. Os homens convidam para um trago, ele dança, fica louco e sai de farra com eles por aí... é que ele fica excitado com o vinho, vão até Talca, às vezes mais longe. Um dia desses vai acontecer alguma coisa com ele, sempre digo isso para mim mesma, mas ele sempre volta. Uns três ou quatro dias depois. Às vezes fica uma semana inteira andando por aí pelos puteiros de outros povoados onde o conhecem, de rainha, diz ele, e chega aqui de volta com um olho roxo ou duas costelas quebradas quando os homens o espancam por ser veado quando estão bêbados. Não tenho por que me preocupar. Ele tem sete vidas como os gatos. Fico chateada com isso. E com a queda do Pancho Vega para a farra eles vão passar pelo menos uma semana andando por aí. Os carabineiros o conhecem e não dizem nada e trazem ele de volta quietinhos e eu os convido para uns tragos e fica tudo certo. Mas pode ser que apareça algum carabineiro novo, desses difíceis que resolvem complicar e não tem jeito. E depois ele passa duas semanas de cama e eu cuidando dele. Chorando o tempo todo, dizendo que vai morrer, que já não dá para essas coisas, pede perdão, diz que nunca mais, e diz que vai se livrar daquela roupa de espanhola que o senhor viu, está um trapo, mas ele não joga fora e guarda o vestido em sua maleta. E depois vem com a história de que os homens isso, os homens aquilo, que são todos malvados porque batem nele e riem dele, e aí meu pai chora e diz que destino esse meu e me diz que o que seria dele sem sua filhinha do coração, seu único arrimo, que eu não o abandone nunca. Por Deus, *don* Céspedes! Se o senhor visse como ele chora! É de cortar o coração. Claro que alguns meses depois ele torna a sair por aí e desaparece de novo. Agora fazia mais de um ano que não saía. Eu achava que ele não ia mais sair, porque o coitado está tão derrubado, mas o senhor viu o que aconteceu...

Don Céspedes escutava outra coisa.

– O que foi?

A Japonesita o esquadrinha, tentando adivinhar o que ele escuta.

– Não, nada, *don* Céspedes...

Acompanhou-o até a porta. Abriu-a só um pouquinho, quase nada, só uma ranhura para que *don* Céspedes se esgueirasse e entrasse um pouquinho de vento e de estrelas que a fizeram enrolar-se bem em seu xale cor-de-rosa. Depois fechou a porta com a tranca. Esfregando as mãos andou pelo meio das mesas apagando uma a uma todas as lamparinas.

– ... três e quatro...

Já falou que não gosta que elas acendam tantas lamparinas quando há poucos clientes, o negócio não rende. E o ar fica manchado com o fedor do carbureto. Claro que a dança... enfim. Foi para o quintal. Não sabe que horas são, mas aqueles cachorros endemoninhados continuam latindo lá no parreiral. Devem ser quase cinco da manhã porque ouve Nelly chorar e Nelly sempre chora um pouco antes do amanhecer. Entrou em seu quarto e enfiou-se na cama sem nem mesmo acender uma vela.

IMAGEM DE CAPA Tatiana Blass, *Tragédia/O cão cego*, 2009

Coordenação editorial MARIA HELENA ARRIGUCCI
Projeto gráfico FLÁVIA CASTANHEIRA
Preparação CIÇA CAROPRESO
Revisão THIAGO LINS e ANA PAULA MARTINI
Tratamento de imagem WAGNER FERNANDES
Produção gráfica BÁRBARA ALMEIDA

Esta obra foi publicada com o apoio da Direção Geral do Livro, Arquivos e Bibliotecas do Ministério da Cultura da Espanha.

Nesta edição, respeitou-se o novo Acordo Ortográfico da Língua Portuguesa.

FSC
www.fsc.org
MISTO
Papel produzido a partir de fontes responsáveis
FSC® C008008

A marca FSC® é a garantia de que a madeira utilizada na fabricação do papel deste livro provém de florestas que foram gerenciadas de maneira ambientalmente correta, socialmente justa e economicamente viável, além de outras fontes de origem controlada.

Dados Internacionais de Catalogação na Publicação (CIP)
(Câmara Brasileira do Livro, SP, Brasil)

Donoso, José [1924-96]
O lugar sem limites: José Donoso
Título original: *El lugar sin límites*
Tradução: Heloisa Jahn
São Paulo: Cosac Naify, 2013
160 pp.

ISBN 978-85405-0282-6

1. Ficção chilena I. Título

12-12859 CDD 861

Índices para catálogo sistemático:
1. Ficção: Literatura chilena 861

COSAC NAIFY
rua General Jardim, 770, 2º andar
01223-010 São Paulo SP
[55 11] 3218 1444
cosacnaify.com.br
atendimento ao professor [55 11] 3218 1473

FONTE Miller
PAPEL Pólen bold 90 g/m²
IMPRESSÃO Loyola
TIRAGEM 2500